上海故事会文化传媒有限公司 SHANGHAI STORIES

故事会

死亡游戏

悬念推理系列
Suspense Inference Series

上海故事会文化传媒有限公司
上海文艺出版社

图书在版编目（CIP）数据

死亡游戏 /《故事会》编辑部编. -- 上海：上海文艺出版社，2017（2020.7重印）

（故事会·悬念推理系列）

ISBN 978-7-5321-6393-9

Ⅰ.①死...Ⅱ.①故...Ⅲ.①故事－作品集－中国－当代 Ⅳ.①I247.81

中国版本图书馆CIP数据核字(2017)第138877号

书　　名：	死亡游戏
主　　编：	夏一鸣
副 主 编：	吕　佳　朱　虹
责任编辑：	陶云韫　曹晴雯
发稿编辑：	吕　佳　朱　虹　姚自豪　丁娴瑶　陶云韫
	王　琦　曹晴雯　刘雁君　赵媛佳　黄怡亲
装帧设计：	周艳梅
责任督印：	张　凯
出　　版：	上海文艺出版社
出　　品：	上海故事会文化传媒有限公司
	(200020　上海市绍兴路74号　www.storychina.cn)
发　　行：	上海文艺出版社发行中心
	(上海市绍兴路50号　200020)
印　　刷：	上海中华印刷有限公司
开　　本：	787×1092　1/32　印张8
版　　次：	2017年7月第1版　2020年7月第2次印刷
书　　号：	ISBN 978-7-5321-6393-9/I·5111
定　　价：	25.00元

版权所有·不准翻印

故事会 大众文化出版基地　www.storychina.cn　上海故事会文化传媒有限公司 出品 (00634) www.storychina.cn

上海故事会文化传媒有限公司所有图书可办理邮购，免收邮费(挂号除外)
汇款地址：上海市南绍兴路74号(200020)；　收款人：上海故事会文化传媒有限公司出版发行部
联系电话：021-64338113
如发现本书有质量问题，请与印刷厂质量科联系 T:021-65376981

编者的话

一、中华民族自古以来便有讲故事的传统。五千年的文明绵延不断,五千年的故事口耳相传,故事成为中华民族弥足珍贵的精神财富。

二、创刊于1963年的《故事会》杂志是一本以发表当代故事为主的通俗性文学读物。50多年来,这本杂志得风气之先,发表了一大批脍炙人口的优秀作品,许多作品一经发表便不胫而走、踏石留印,故而又有中国当代故事"简写本"之称。

三、50多年来,这本杂志眼睛向下、情趣向上,传达的是中华民族最核心、最基本的价值观。

四、为让读者在最短的时间内阅读最大面积的精品力作,《故事会》编辑部特组织出版《故事会·悬念推理系列》丛书。

五、丛书分为如下八本故事集:《百慕大航班》、《刀尖上跳舞》、《非常推理》、《交换杀人》、《蔷薇花案件》、《死亡游戏》、《一只绣花鞋》、《致命三分钟》。

六、古人云:登东山而小鲁,登泰山而小天下。对于喜欢故事的读者来说,本丛书的创意编辑将带来超凡脱俗的阅读体验。

《故事会》编辑部

目录
Contents

危情·疑案
画案 …………………………… 2
决不放过你 …………………… 9
案发现场 ……………………… 16
还你一条命 …………………… 19
致命钻戒 ……………………… 24
危险的旅行 …………………… 30
死亡通知书 …………………… 34

神探·谜案
打虎奇案 ……………………… 54
将计就计 ……………………… 59
岳王庙疑案 …………………… 65
鹦鹉谜案 ……………………… 70
保险柜里的蚊子 ……………… 77
跟船主过招 …………………… 84
离奇事件 ……………………… 90
带血的手 ……………………… 99

目录
Contents

三个警察 …………………………… 104

密谋·奇案

滴泪申冤 …………………………… 110

雌雄剑 ……………………………… 115

祸起玉麒麟 ………………………… 122

飞来横财 …………………………… 130

看谁更像海明威 …………………… 137

宿怨 ………………………………… 143

费城有家五金店 …………………… 149

死亡游戏 …………………………… 154

温柔的陷阱 ………………………… 159

铁证·悬案

玫瑰弯刀 …………………………… 181

明天有暴风雪 ……………………… 186

最后一瓶牛奶 ……………………… 192

计中计 ……………………………… 198

是谁杀害了海伦 …………………… 204

手脚不干净的人 …………………… 209

神奇的嗅觉 ………………………… 213

酒后 ………………………………… 221

死亡电波 …………………………… 228

危情·疑案
weiqing yian

推理始于怀疑。怀疑事件背后另有种种隐情,怀疑人性深处仍有一片宇宙。

画 案

清康熙年间，唐州考生郑泊村参加乡试，高中魁首。河南巡抚柳承训是当年的主考官，这天他传令把郑泊村请来抚院，要亲自召见。

没多久，郑泊村就被带到了抚院。柳巡抚仔细打量，见这书生虽然衣着破旧，但眉宇间却透露出勃勃英气。柳巡抚为官多年，阅人无数，认定郑泊村必是一块璞玉，遂请他落座，让了茶，与他攀谈起来。

郑泊村果然是少年英才、满腹锦绣，只是当被问到家境状况时，他却神色黯然，久久无语。原来，郑家穷困，全靠父亲做些小买卖维持生计，好在兄弟二人争气，早早考中秀才，成了县学的生员。无奈天不作美，父亲在前年突然暴病身亡，全家立刻陷入困境，哥哥郑伯乡只好放弃学业，供弟弟一人读书。此番他虽说在乡试中夺魁，但来年是否有钱赴京参加会试，却很难说……

柳巡抚说："你不必回唐州了，就住在我这里读书。一切费用不用你与家人挂心，全由老夫一人承担！"

郑泊村连连摇手："不可不可！我与大人非亲非故……"

柳巡抚一摆手，哈哈笑道："明说了吧，我有一女，名叫飞莺，年方十八，待字闺中。今日老夫亲自做媒，选你为婿，如此，我资助你读书上进，不就名正言顺了吗？"

这等好事，郑泊村岂有不应之理？当下跪拜，行了翁婿之礼。柳巡抚就在抚院的一角辟出两间净室，作为郑泊村的书房。

郑泊村有了如此好的条件，读书更加用功，三更灯火五更鸡，他发誓明年会试再次夺魁，以报柳大人的知遇之恩。

这一天，郑泊村正在书房苦读，忽然有人造访。开门一看，来人叫费人伦，不仅和自己同村而且同窗，还曾经都是县学的生员，只是这费人伦是个富家子弟，心思并不用在读书上。他把郑泊村请至一家饭店，酒至半酣，才说明来意："听说近日朝廷欲在生员中选拔一批人才，充作县丞一级的官员，可有此事？"

郑泊村道："确有此事。老兄可抓住机会，图个进身之阶。"

费人伦道："我正为此事求你！听说选拔还要考试文案书状，可我的学业早已荒废，提笔难以成文，因此求你施以援手！"

郑泊村一怔："难道要我替你代笔？不成，不成！"

费人伦道："并不是这个意思。我已经打听清楚，你的岳父作为封疆大吏，主持河南的人才选拔，只用他打个招呼，我这县丞就当定了。你们翁婿之间，有什么话不好说？只烦你给通融一下。"

郑泊村听了，当下摇摇头说："朝廷选才，不容作弊。我不会去说情，就是说了,柳大人也不会答应。老学兄,你就回去老老实实做些准备吧。"

费人伦好话说尽,郑泊村却是汤水不进,结果二人闹了个不欢而散。后来费人伦参加了选拔考试,自然是考得一塌糊涂。费人伦不怪自己学业荒废,只怨郑泊村不肯帮忙。他由怨生恨,就寻思着要给郑泊村找点儿麻烦。

隔了几天,费人伦又来到省城,这次他没有找郑泊村,而是直接找到了柳巡抚。费人伦怪声怪气地问:"柳大人,郑泊村少年得志,做了巡抚的乘龙快婿,叫人好不艳羡。小人只是不解,不知道巡抚的千金进了郑家,是做大还是做小?"

柳巡抚一脸愠色:"休得胡说!我早已看过郑泊村的履历,他不曾婚配,何来大小之说?你若造谣生事,小心你的脑袋!"

费人伦嘿嘿一笑:"就算他不曾婚配,他难道不会宿花眠柳、招妓嫖娼,暗中找一个红粉知己私定终身?"说着,便从书袋里取出一个卷轴,徐徐打开,"请大人过目!"

柳巡抚只扫了一眼,就赫然色变。原来,那卷轴名为《仲夏读书图》,画上只有两个人,一个是郑泊村,正袒露背膀伏案读书,另一个是名美艳的女子,依在郑泊村的身边,摇扇送风,亲密之状跃然纸上。看那落款,竟是上年的七月。

柳巡抚强忍着怒火:"此物从何而来?"

费人伦道:"去年八月,有个童子在街头卖画,我问他画的来历,他说在郊外拾得,因为事关同窗隐私,我就给买了下来。而今听说郑泊村与府上的千金定了婚,我怕重演陈士美与秦香莲的故事,因此特来献画,给大人提个醒。"

柳巡抚收了画,赏了费人伦十两银子,挥手送客。

柳家小姐柳飞莺本是金枝玉叶，如何肯为他人做小？一时寻死觅活，闹得鸡犬不宁。柳巡抚好不恼怒，本想给郑泊村定个骗婚的罪名，按律惩处，又怕闹得沸沸扬扬，于自己脸上无光。略一思索，干脆什么罪名也不定，只命人把他打入死牢。

可怜郑泊村，也不明白自己犯了什么罪，口口声声直喊冤枉。可牢门紧锁，漆黑一团，叫天不应，呼地不灵，只好眼睁睁地等死。

郑泊村"犯事"的消息很快传到了家乡，郑泊村的哥哥郑泊乡急忙打点盘缠，匆匆赶来省城。

郑泊乡来到巡抚衙门询问，守门的兵丁大吃一惊：这不是死囚郑泊村吗，怎么会走脱了？当即扭了郑泊乡去报告巡抚。郑泊乡急忙申辩，说自己是郑泊村的双胞胎哥哥，特来衙门探问弟弟到底犯了什么事。柳巡抚也弄不清这双胞胎哪个是哥哥哪个是弟弟，他也懒得去弄清楚，宁可错杀，也决不放过一个，索性把郑泊乡也打入死牢……

再说郑泊乡的妻子白无瑕，本是一个柔弱的妇人，弟弟生死不明，丈夫一去不返，愁得她茶饭不思，坐卧不宁。可愁也不是办法，只好咬牙踏上了寻夫之路。

省城何其大，寻了几日也不见踪影，倒是把盘缠花光了。怎么办？情急之下，白无瑕想起了卖艺之举，遂去画店赊了些纸墨，当街作画，廉价出售。

白无瑕出自书香之家，自幼就跟父亲习得一手好画。这天，柳飞莺的丫环在街头看见白无瑕作画，不由驻足欣赏。自家小姐也爱丹青，何况这些日子正为婚事烦恼，何不买几幅画逗她开心？这丫环经常陪着小姐看画，也有些眼光，于是挑了几幅中意的带了回去。

柳飞莺见了白无瑕的画作，大加赞赏，忙命丫环把白无瑕请到府上切磋技艺。柳飞莺见了白无瑕，只觉得好生面熟，一时却想不起在哪里见过。初次见面，也不好多问，只让白无瑕作画，自己在一旁观赏。

白无瑕挥毫泼墨，画花花含笑，画鸟鸟欲飞，形态逼真，栩栩如生。柳飞莺敬佩之极，欣赏了一阵，又问："会人物写真吗？"

白无瑕说："这有何难？但不知道小姐要画哪个？"

柳飞莺问："能画自己吗？"

白无瑕看看自己的破旧衣衫，叹了口气说："眼下的我面目憔悴，只怕玷污了小姐的纸笔。要画，就画过去的我吧。"

柳飞莺也不勉强："悉听尊便。"

白无瑕想起过去的日子，弟弟读书上进，丈夫辛勤劳作，虽不富裕，却有着庄户人家的恬静安逸。不知不觉中，心思流于笔端，笔下就画出了一个神态美丽恬静的白无瑕。

对着白无瑕的肖像，柳飞莺未作任何评论，却惊呼一声："难道是你！你是何人？"

白无瑕不知道柳小姐为什么吃惊，就介绍了自己的身世、家庭，叹息道："弟弟身陷囹圄，不知何因；夫君一去不返，不知身在何方！我是寻弟盼夫的民妇白无瑕！"

柳飞莺记不住那么多的事情和人名，只记住了"郑泊村"三个字。她拿出了那幅《仲夏读书图》，冷冷地说："你看看这个吧！"

白无瑕却是十分惊诧："这幅画怎么会在这里？这么说，那个案子破了？"

柳飞莺被弄得莫名其妙："什么案子？"

白无瑕说："两个月前，我家被盗，丢失了一些钱财和这幅画。"

柳飞莺"哦"了一声："这么说，你就是郑泊村的妻子了？"

白无瑕有些恼怒："小姐开什么玩笑! 郑泊村与郑泊乡是双胞兄弟，这画上的人是我夫君郑泊乡!"

柳飞莺一怔："你丈夫也是个读书之人?"

白无瑕有些伤感："夫君原来也是县学的生员，只因公爹去世，家道中落，难供两个书生，夫君只好忍痛弃学，供弟弟完成举业。夫君辍学之日，好不伤悲，就让奴家画了这幅《仲夏读书图》，以作纪念……"

柳飞莺听得心惊肉跳，原来是错怪了郑泊村! 她扔下白无瑕不管，飞奔进父亲的书房，气喘吁吁地叫道："快快放出郑公子!"

柳巡抚听了女儿的叙述，又招来白无瑕细加盘问，始知道自己偏听偏信，草率从事，铸成一桩冤假大案! 不由又悔又恨，一边让狱卒速速放人，一边命人捉拿费人伦到案。

那费人伦很快招供，被打入死牢，也不消说他。可叹那郑家兄弟早被折磨得三分像人，七分像鬼，兄弟相见，禁不住抱头痛哭。柳巡抚好生懊恼，指示大夫不惜一切，全力给郑家兄弟将养身体，并执意把郑泊乡也留在府上读书，以求郑家将来一门双贵，都有个好前程。

郑泊村道："大人一番好意，我们都领了。只是离家日久，容我们回家看看再来。"

柳巡抚见他说得有理，也不好多加阻拦，只得放他们走了。

郑氏兄弟回到家乡，却再不肯去省城了。任凭柳飞莺寻死觅活，郑泊村是打死也不做柳家的女婿：那柳巡抚翻脸无情，拿人命当儿戏，如果做了他的女婿，岂不要一辈子提心吊胆!

倒是白无瑕无意中发现了自己作画的价值，她心想：既然因画致祸，难道就不可以用画造福吗? 从此作画卖画，供郑家兄弟读书。

柳家小姐求婚不遂，日日哭闹，埋怨父亲为官无能。转眼到了第二年的春天,眼见郑泊村依然没有"悔改"之意,柳巡抚等得不耐烦了,正要胡乱捏个罪名再次惩治他,京城忽有邸报传来,说郑泊村参加春闱中了状元,成了朝廷新贵。

　　柳巡抚登时傻了眼,从今以后自己是不可能随便拿捏郑泊村了,只等着被郑泊村如何拿捏吧……

(曲凡杰)
(题图:黄全昌)

决不放过你

　　李春城是一名出色的刑警，性格却有些古怪，他曾有多次升职机会，但都放弃了。领导同事对他很不理解，就连妻子也因为失望离他而去，留下他与女儿小文相依为命。

　　十几年过去了，小文已长成了一个亭亭玉立的大姑娘，只要看到女儿，李春城就感到无限满足和安慰。这天晚上下班后，李春城做好饭，就等女儿下班回家，可这一等就等到了凌晨十二点。女儿平时决不会这么晚回家，就算有事也会提前打电话，李春城再也坐不住了，起身就要出去找女儿。

这时，门忽然开了，女儿衣衫不整地冲进来，一头扎进自己的房间，反锁房门哭了起来。

李春城蒙了，一向处事镇定的他也不禁慌了神，隔着房门问女儿遇到了什么事，可女儿只是哭，两人就这样一个门里一个门外，熬了整整一个晚上。天亮时，女儿终于开门出来了，红肿着眼睛说："爸，我……我被强暴了！"

李春城像是被雷击中，身子晃了晃，险些跌倒。原来，小文所在酒店的经理王善记早已对小文动了邪念，百般利诱无效后，他霸王硬上弓，就在昨天晚上，以谈工作为由将小文诱骗到办公室，硬是强暴了她。

李春城额上青筋暴跳，大吼一声："我去宰了那个混蛋！"他一把扯下衣架上的警服穿在身上，可穿好衣服，却站在那里不动了。他想，自己是一名警察，就是再愤怒也不能去做违法的事，只有法律有权惩罚那个畜生！

李春城一步步慢慢走到女儿身边，沙哑着嗓音说："小文，事情已经发生了，只有冷静面对，你一晚上没睡，情绪也不稳定，上午好好休息一下，下午爸爸领你去报案。把证物保存好，记得不要洗澡。"

李春城来到单位时已经八点半了，这是他多年来第一次迟到。队里只有两人留守，李春城问过后才知道，昨晚在市郊一所小区里发生了一起命案，刑警队一干人马早已赶赴现场。

死者是一名年轻女性，她是昨夜坠楼身亡的，法医检查过尸体后初步认定，该女子的死亡时间约为昨晚十一点。死者室内一片狼藉，窗户大大敞开着，附近的很多住户都反映，他们当晚听到了凄惨的呼救声。警方由此判断，该女子死于他杀，是被人从窗户推下楼的。

警方很快从女人的日记本里查到了线索，这本日记详细记录了她和一个男人的情感纠葛。这个男人诱奸了女人之后,承诺日后会离婚娶她,然后把她包养在这套房子里。但男人现在玩腻了,又要一脚把她踢开,连当初送给她的这套房子也要收回去。女人悲愤至极,和男人大吵之后,扬言要让所有人知道他们的关系,哪怕玉石俱焚,也决不会放过男人。

在最后一页日记里,女人写下了这样的话:"我看到了他眼中的杀机,只怕这个狠毒的男人要对我下毒手了,但我宁愿被他杀死,也不能让他好好活着,我太恨他了!如果我真的遭遇了不测,希望警察能看到这段日记,还我一个公道,让他为我偿命,这样我死也瞑目了。"

李春城他们依法传讯了这名涉案嫌疑人,这个颇有几分派头的男人大呼冤枉,他承认和死者之间的关系,也承认死者日记中写的那些事,但他矢口否认自己行凶杀人。他梗着脖子大嚷道:"我王善记怎么说也是个有头有脸的人物,怎么可能为了一个女人把身家性命也搭进去呢?"

王善记?听到这个名字,李春城身子一震,他很想扑上去把这个家伙痛打一顿。但他没有动作,他不能为自己的私事影响审讯工作的进行。

王善记看上去底气十足,一副恃无恐的样子,他坚持称自己没有杀人,走到哪儿都不怕,但当审讯人员要他说出昨晚十一点前后的行踪,并提供相关证人时,王善记的脸色渐渐变得苍白起来,豆大的汗珠从额头上滚落下来,他目光游移不定,嗫嚅着说不出话来。

几名警察交换了一下眼色,他们已经感觉成竹在胸了,但李春城的眉头却越皱越紧,他意识到一个问题,一个至关重要的问题。

李春城回到家时,女儿正呆呆地坐在沙发上,样子憔悴不已。李春城叹了口气说:"小文,王善记强暴你的具体时间你还能记清楚吗?"

小文看了父亲一眼,不明白他为什么要问这个问题,但她还是答道:"在晚上十点到十一点半之间。"

李春城神情慎重地追问了一句:"你可以确定吗?"

小文点了点头,越发不解地看着父亲。

李春城深吸了一口气,现在他可以确定一件事了:王善记不可能是杀人凶手,因为他根本没有作案时间,在那个女人坠楼而死的时间段里,他正在酒店办公室对小文施暴,而这两个地方至少相隔三个小时的车程,要想行凶杀人除非他有分身法。

李春城把事情经过告诉小文后,小文愣了片刻,突然发出一阵惨厉的笑声:"这么说,能证明他没有杀人的只有我这个刚刚被他强暴的人了?原来这世上真有报应这种事,看来我不必去报案了,那样反而会救他一命。"

李春城一字一句地说:"恐怕不是报案与否那么简单,我想到,迫不得已时王善记肯定会说出昨天晚上的事,在强奸和杀人的罪责之间,他只有选择前者才能保命,那时警方自然会来找你取证。"

小文厉声叫道:"那又怎么样?难道要我替他作证免罪?我恨不得亲手杀了他!如果警察来找我,我会一口否认那件事,让他承担杀人的罪名,我要看着他死!看着他死!"

李春城想说什么,但看着小文歇斯底里的样子,他又把话咽了回去。

警方已经基本上锁定王善记为真凶了,王善记有行凶杀人的动机,又迟迟无法提供案发时的行踪,更为关键的是,在死者的房子里只有两个人的脚印和指纹,一个是死者本人的,另一个经对比验证就是疑凶王善记的。

正像李春城预料的那样,王善记到底还是顶不住了,他意识到,如果不把案发时的行踪交代出来,只怕真要稀里糊涂地挨一枪子儿了,看来这强奸罪是躲不过去了。唉,谁叫自己造下这个孽呢?但让王善记棘手的是，小文会给自己作证吗？一想起小文充满仇恨的眼神，他就觉得不寒而栗，小文要是在这节骨眼儿上落井下石，他王善记就只有死路一条了。

这天，李春城心事重重地回到家，一开门，就看见房间里有十几号人，正把小文围在中间说着什么。原来，这些人都是王善记的亲友和下属，他们正在逼小文去公安局作证。

看来王善记在向警方供述的同时，也通过律师让家属劝小文为自己作证。

坐在小文旁边的女人是王善记的老婆，这个女人派头很足，一看就知道有钱有势，但此刻却摆出一副可怜相，低声下气地求着小文。而小文却满脸冰霜，始终不为所动，冷冷地说："要我去救那个畜生，除非太阳从西边出来！"

那女人不急不躁，拿出一只皮箱，放到小文面前，说："这只箱子里的钱，你一辈子都花不完，只要你答应作证，这些钱全都是你的！"

小文看也不看那只皮箱，冷冰冰地说："还是把你的钱收回去，给那个畜生买块墓地吧！"

那女人气得满脸通红，向身后的人使了一个眼色，只见一个满脸凶相的壮汉走上前来，吼道："你不要敬酒不吃吃罚酒！"

"罚酒是什么滋味？可以让我尝尝吗？"李春城威严的声音让房间里的人立即安静了下来。

众人循声望去，只见李春城穿着警服神色冷峻地走了过来，他将皮箱用力扔出门外，指着门口，说："这里不欢迎你们，请你们迅速离开，否则别怪我不客气！"

那帮人灰溜溜地走了，小文再也坚持不住了，扑进父亲怀里抽泣起来。李春城轻抚着女儿的头发，语气中充满了怜爱："小文，你一直是个明事理的孩子，有几句话爸爸得跟你说说，希望你能够保持冷静。"

小文抬起头来看着父亲，目光中已经有了警觉。李春城没有回避女儿的目光，继续道："公安机关很快会来找你求证那晚的情况，我希望你在警方面前能据实而言。"

小文往后退了一步，她冷冷瞪着父亲，像是看一个陌生人："那些人逼我作证，一点都不奇怪，可你是我的父亲啊，为什么你也要逼我？难道我受的侮辱还不够吗？"

李春城缓缓道："因为我是一个警察，我不能眼睁睁看着一桩冤案发生，我不能看着自己的女儿因为仇恨而作伪证、说假话。我也恨王善记，甚至恨不得他死，但我不能因为个人感情，干扰了法律的公平和公正。"

"够了！"小文声嘶力竭地大喊道，"你是一个伟大的警察！全天下最伟大的警察！行了吧？可你知道别人是怎么看你的吗？你知道妈妈为什么离开你吗？你为了做这个伟大的警察，牺牲了自己，牺牲了家庭，现在还要牺牲我，为什么？我不会去帮那个畜生作证的！你可以去告我欺骗警察，让我坐牢啊，反正你六亲不认，也不在乎失去一个女儿！"说着，小文跑进了自己的房间，"砰"的一声，将房门关上了。

李春城一动不动，脸上的肌肉抽搐着，他在窗前坐了整整一夜。

黎明时分，小文走了出来，她看着父亲瘦削的面颊，鼻子一酸，哽咽道："爸，对不起，我昨天晚上太冲动了，说了很多让你伤心的话。"

李春城沉默良久，长长地出了口气："我知道，一直以来，在大家眼中，我就是一个让人看不懂的人，我满腹心事，拒绝升职，一切都是那么古怪。小文，你知道这都是为什么吗？"

李春城陷入了痛苦的回忆。十三年前，他破获一起命案，很快将杀人凶手绳之于法。几年后，他在侦破另一起案件时，却意外地发现之前那起案件是一起冤案，真凶另有其人，可怜那个含冤而死的青年，早已化作黄土。从此以后，李春城就背上了沉重的心理包袱，再也无法挣脱那梦魇一样的负罪感。

李春城语重心长地对女儿说："我告诉你这件事的目的，就是想要你明白，人是不可以做错事的，否则良心将永生难以安宁。小文，你是个善良的孩子，不要让仇恨遮住你的心。该说的话我都说完了，希望你今天的选择，不会让将来的你后悔。"

李春城出门走了，留下小文呆呆地站在那里。片刻之后，小文也紧随父亲的脚步走出门外——她知道自己该怎么做了。

小文的出面作证使得案情有了新的局面，警方开始重新分析这起扑朔迷离的命案。由于死者的房间里并没有第三者的脚印和指纹，而王善记又没有作案时间，因此警方排除了他杀的可能，最终认定这是一起由死者自导自演的命案。这个仇恨中的女人，为了报复王善记，不惜以生命为代价，那狼藉的房间、惨厉的呼救、指证的日记，无疑都是她精心布置的道具。

王善记强奸罪名成立，在经过小文面前时，他"扑通"一声跪了下来……

(杜 辉)

(题图：谭海彦)

案发现场

星期一早晨刚上班,襄州市公安局刑侦处黄处长就接到报案:星海公司办公楼下发现一具男尸,离男尸不远处有一把砍刀。

黄处长立马带着助手前往案发现场,经勘察,死者是从空中坠地而死,也就是说,死者是从星海公司办公楼上坠地而死的;又经确认,死者名叫刘一武,大家都叫他"大刘",为人本分,至今独居未婚,住在星海公司对面的一座公寓楼里。

是自杀,还是他杀?黄处长脑子里急速地思索着。自杀?为什么不从自己住的公寓楼上跳下去,而要从星海公司办公楼上跳下去呢?他杀?至今未发现有他杀的迹象。还有,死者旁边为什么会有一把砍刀呢?他身上并无刀砍的痕迹呀!

现场勘察以后,黄处长带着助手打开了大刘的房间,想先从他的居室内发现一些线索。屋内一切东西摆放整齐,没有被人翻动或偷盗的痕迹,临窗的书桌上放着一架照相机,桌上有一叠照片,照片上是同一个女孩子,女孩临窗而坐,或双手托腮,或凝神沉思,或伏案书写……黄处长脑子里灵光一闪:大刘的死可能和这个女孩子有关!

黄处长很快就查清了女孩子的身份,她叫小丫,漂亮、文静,是个非常讨人喜爱的姑娘,在星海公司经理办公室做秘书。

于是,黄处长直接跟小丫进行了正面接触,他拿出大刘的照片,问小丫:"你认识这个人吗?"

小丫看了一眼照片,说认识这人,叫大刘,昨天她从外地出差回来,听说他死了。这时,黄处长从包里拿出一大叠小丫的照片,摊在她面前。小丫看到这些照片后,脸上显得有点惊异,说:"我从来没给他送过照片,也没让他拍过。"

黄处长接着问:"你们之间很熟吗?他向你说过什么吗?"

小丫说:"我们并不熟,仅仅认识而已。不过,有一次他在路上遇到我,跟我说过一次话,他说我很漂亮,还说要我做他的女朋友,可我已经有男朋友了……"

黄处长接着又问那人是否纠缠过小丫,小丫说没有,还说那个人似乎很知趣,以后路上遇到时,连话也不说了,只是拿眼睛久久地看着自己,很深情的样子。

接触小丫以后,黄处长又对其他方面的情况进行了调查,排除了情杀、仇杀、谋财害命等可能,经过对案情的多次分析,初步认定为殉情自杀。但大刘尸体旁边为什么会有一把砍刀?怎么解释都不太能自圆其说,为此,大刘一案一直困扰着黄处长。

一天,黄处长的表弟回到了襄州,他在省作协工作,擅长写侦破小说，这次是回来采风的。黄处长在跟表弟喝酒时说起了大刘的事，表弟说要看看大刘的那些照片，黄处长拿了出来。

表弟把照片一张一张地摆弄着，过了一会儿，他欣喜若狂地叫了起来："我知道了！"

黄处长忙问："你发现什么了？"

表弟指着照片说："你看，这些照片都是临窗的，窗口的外面有一棵大树，大树的一根枝干伸向窗口，枝叶越来越茂盛，都快要把窗口遮住了。而大刘的这些照片，上面都标有时间，最后拍的这几张，那枝叶都快要把小丫的脸遮住了……"

黄处长问："这又能证明什么呢？"

表弟胸有成竹地说："可以肯定，这些照片都是大刘偷拍的，就在大刘最后一次偷拍时，季节变换，那枝叶把窗口里面的小丫遮住了，大刘偷拍不到。于是，他就在一个夜晚，拿了砍刀，悄悄地爬上那棵大树，想砍掉那根树枝，可一不小心，从树上摔了下来。如果我的判断没错的话，那根树枝上肯定有刀砍的痕迹。"

黄处长似信非信，立即前往星海公司，爬上那棵树一看，果然，伸向小丫办公楼窗口的那根树枝上有明显的刀砍痕迹。

黄处长从树上下来，站在大刘摔死的地方呆了好长一会儿，感叹道："全为一个'情'字哟！"

(邓耀华)

(题图：安玉民)

还你一条命

高老板家有条名贵的西施犬,叫"贝贝",高老板夫妻俩对它宠爱得不得了。可是一个月前,高老板的司机李俊来接高老板上班时,不小心在高家门口把贝贝给轧死了,高老板的老婆莫云见状哭得呼天抢地,李俊吓得脸都发白了。

幸得高老板通情达理,觉得再怎么说毕竟是一条狗嘛,他宽言安慰了李俊一番,李俊这才定下心来。但是,高老板经不住莫云的一哭二闹,还是把李俊给辞退了。后来,莫云叫人把西施犬埋在自家后花园里,好一段时间,只要一提贝贝,她还是泪流满面。

这天高老板下班回家,刚刚在沙发上坐定,莫云就过来神秘兮兮地对他说:"我跟你说个事儿,咱们得赶快给贝贝挪个地方。"

"怎么啦?"高老板奇怪地问,"当初你不是坚持要把它埋在后花园里的吗?"

莫云嘴一撇:"我今天才听说,原来狗是不能和猫埋在一起的,埋在一起就都会成精。"

高老板知道莫云指的是他们前几年养过的宠物猫珍珍,因为岁数大了,老死后当时就被埋在了后花园里。高老板不屑地笑了:"你在家里闲着没事,就爱信这种话。"

莫云颤声道:"你还别不信,今天打牌时我听他们说了,猫狗埋在一起,成了精就会变成鬼来缠你。怪不得今天打牌回来时,我就觉得家门口有个穿青衣拿饼子的老太太,鬼鬼祟祟地朝我们家张望,一看到我立刻就不见了人影。"

高老板根本不相信莫云说的话,可谁想第二天早上自己开车去上班的时候,车子刚刚驶出小区大门,前面突然就冒出了个老太太,果然穿着一身青衣,手上拿着个饼子,像幽灵一样迎着他的车就冲了过来。

高老板赶紧一个急刹车,吓出一身冷汗,可是等他回过神来,老太太已经不见了。高老板怀疑是不是自己看花了眼,可奇怪的是,一连几天天天如此,这下不由高老板对莫云说的话不相信了,夫妻俩顿时紧张得不得了。

后来再一打听,就连老太太的这身打扮都是有来由的:老早这一带有个风俗,人在断气的时候,一定要在他手上放一个饼子,这样他死后进入阴间的时候,守门的恶狗看见饼子会误以为是石头,就不敢咬他了了。青布寿衣,软底寿鞋,这都是专门给死者穿的。

难道这世上真的有鬼魂吗?高老板冷静下来细细一想,总觉得这里面有名堂。

几天后的一个黄昏,高老板下班后从公司开车回家,车子刚上开发区大道,那个青衣老太太突然又冒了出来,高老板赶紧一个急刹车,车子"吱——"的一声猛地停了下来。

前几次因为没撞上人,高老板也就一直没下车,今天他决定要探个究竟,于是一边开门下车一边高喊:"老人家,你等一下!我有话跟你说。"

可那老太太像没听见似的,猛劲儿往大道旁边浓密的绿化带里蹿,那速度比小年轻还快。高老板疾步上去一把抓住她的衣服,谁知老太太也不吭声,用力一挣扎,就听见"哗啦"一声,老太太的衣服被撕扯了下来,可她还是拼命往前挣脱身子,高老扳慌忙松了手。

这时候,只见一个手帕包从老太太的身上掉了下来,高老板捡起手帕包想追上去,但这时正是下班高峰,开发区大道上车流量特别大,高老板的车一停,后面立刻就堵了一长串,已经有人在不耐烦地按喇叭了,高老板犹豫了一下,只好回到车里。

到了家,高老板迫不及待地把手帕包打开来看,里面除了一些零钱,就是一个身份证了,上面正是老太太的照片,看名字她叫张翠娥,就是开发区大道旁沿河村的人。有身份证自然就好办了,高老板决定去沿河村寻根究底。

沿河村离城中心有八十里路,当村民们听说高老板是来找张翠娥的,就七嘴八舌地说开了。张翠娥年轻时就守了寡,一个人带大了儿子大毛,大毛挺孝顺,在城里有了工作后就把张翠娥接了去,可是大毛上个月突然间回到村里,说他娘失踪了,还拜托村里人帮他一起找,可是到现在都没有消息。

高老板忙打听张翠娥儿子大毛在城里的地址,有个年轻人正好要进城办事,就自告奋勇坐上高老板的车,带他去见大毛。

可令高老板怎么也料不到的是,见了面一看,这个大毛不是别人,竟然就是前不久给他开车的司机李俊。高老板惊讶地拿出张翠娥的身份证,问李俊:"她就是你母亲?"

李俊的神情比高老板还要惊讶万分,着急地说:"是啊,是我母亲。高总,你见到我母亲了?她在哪儿?"

高老板把前前后后的事情一说,李俊立刻求高老板:"高总,你帮帮我的忙吧,老人家把我养大太不容易了,我一定要找到她。你能不能让我坐在你的车上?说不定会再遇上她老人家。"高老板当然愿意帮忙,何况,他也想弄明白这个老太太到底想干什么。

可让他们两个人都非常失望的是,整整一个星期,高老板一直开着车子在街上转,可老太太就是没有出现。

这天,高老板和李俊几乎是同时接到交警队的电话,请他们立即过去一趟。到交警队一看,老太太就在那里。李俊扑上去紧紧抱住母亲:"娘,你到哪里去了,怎么走了也不跟儿子说一声?"转头又问交警队长,"我娘这是怎么啦?"

交警队长拿出一张纸条,说:"你也别着急,先看看这上面写的,再听我慢慢说。"

李俊接过纸条一看,只见上面写着:我是李俊的妈,一命抵一命,求你不要让我儿子赔你家的狗了。

李俊一把抱住母亲,大哭道:"娘啊,你怎么能不要自己的命了呀!"

交警队长说,这张纸条是老太太在路边找一个学生写的,这个学生觉得很奇怪,写完纸条就打电话报了警,于是老太太被带到了派出所。开始她什么都不肯说,但经不住交警队长的好一番劝慰,终于说出自己叫张翠娥,儿子李俊轧死了高老板家的一条狗,高老板的老婆说这条狗最低价也要15万元，背着高老板非要她儿子赔钱不可。儿子实在赔不起，儿子的女朋友见他这么倒霉，就跟他"拜拜"了。老太太不想儿子的前程就这么毁了，想来想去觉得只有一个办法可以帮儿子，那就是让自己被狗主人家的车子撞死，一命抵一命总可以了吧？所以她就盯上了高老板的车。可是没想到撞了几次都没成功，反而把身份证给弄丢了，老太太担心没有身份证到时候交警查不出她的身份，所以就特地请学生帮忙写了这样一张纸条，随时带在身上……

看着纸条上歪歪扭扭的字，想起老太太穿着青衣拿着饼子一次次迎车而上的样子，高老板的心碎了……

(阿辟)

(题图：张恢)

致命钻戒

迈可尔是一家科研公司的首席研究员,两年前,他的妻子塔莎因为一场意外车祸去世了,打那以后,迈可尔把全部心思都用在他的科研项目上。这是一个延长人们寿命的特殊科研项目,难度很大,但也许是塔莎在上天的保佑,这天,迈可尔兴奋地走出研究室,他终于成功了。

迈可尔给女仆桑罗丝打了电话,让她晚餐准备得丰盛一点,再预备些香槟酒,他要好好庆祝一下。

回到位于郊区的家,迈可尔邀请桑罗丝和他一起吃晚饭,他确实太高兴了,希望能有人分享,妻子塔莎去世后,他还没有喝过酒。

又是感慨又是高兴,迈可尔一口气喝了好几杯酒,等到桑罗丝提醒他慢点喝的时候，他已经有点头重脚轻了。他蒙眬的目光碰上桑罗丝湖水一般迷人的眼睛，突然觉得有点恍惚，一股比香槟酒更醉人的芬芳从她身上散发出来，迈可尔看到站在面前的不是桑罗丝，而是他日夜思念的塔莎，他醉了。

迈可尔一把抓住桑罗丝嫩竹笋般的手臂："塔莎，你终于回家了，让我来告诉你一个好消息……"

桑罗丝似乎是吓坏了，解释道："主人，您醉了，我扶您去歇歇吧！"

"我……我没醉，塔莎……"迈可尔语无伦次地嘟囔着，使劲把桑罗丝往怀里拉。

桑罗丝像受惊的兔子一般，抽出手臂直向后躲，可迈可尔没有了往日的斯文，完全昏了头脑，他把桑罗丝逼到墙角，一个飞扑压下来。桑罗丝没想到会这样，她想张开手臂推开迈可尔，可是迈可尔已经压到跟前，她本能地扭过头去，张开嘴，冲着迈可尔伸过来的手指咬去……

"啊——"迈可尔惊叫一声，他把被咬住的手指从桑罗丝口中拔出来，桑罗丝"嗵"地跌坐在墙角。

迈可尔手指渗出了丝丝血渍，一阵剧痛让他清醒过来，看着缩在墙角的桑罗丝，他有些不知所措，可更让他惊慌的是，桑罗丝漂亮的脸蛋变得扭曲起来，粉红变成了煞白，张着嘴"哦哦——"地喘着气，似乎喉咙被什么东西堵住了。

迈可尔下意识看看渗出血渍的那根手指，吃了一惊，自己手指上的那个宝蓝色钻戒不见了！这个钻戒是他与妻子塔莎婚姻的信物，他须臾不离地戴在手上，现在却被桑罗丝误吞在喉管里了，要是出了人命……

迈可尔慌了，他抱过桑罗丝，拼命拍她的后背，还试图用手指把那钻戒抠出来，可手指粗大，倒像是把钻戒向里推了一截。眼看桑罗丝脸庞由煞白变得青紫了，呼吸也越来越急促……

迈可尔放下桑罗丝，冲到电话机旁，但真是见鬼了，刚才和桑罗丝推搡的时候，电话线被他们扯断了！

迈可尔用力把桑罗丝抱到沙发上，他现在要做的就是赶快出门，到对面的公用电话亭，把急救电话打出去。

迈可尔冲出大门，横跨马路向电话亭飞奔，就在他快到马路中央时，忽然，斜刺里冲出一辆车，两束刺眼的车灯迎面射来，一个人从车窗探出头来，狞笑着说："哈哈，这不是迈可尔先生吗，我们正要开车上你家找你，不想你自己从家里出来了……"

迈可尔还没弄明白怎么回事，那辆车"唰"地猛冲过来。迈可尔眼看着车撞了过来，心想：完了……

可是，那车的车灯蹭过他的手臂，突然"吱——"的一下一个急刹车，只将他轻轻地撞翻在地。

车里下来一高一矮两个戴墨镜的男人，高个男人像抓小鸡一样把迈可尔抓起来，凶狠地说："迈可尔先生，我叫费舍尔，我是来和你算一笔账的……"

迈可尔打量了他一眼，不解地说："可是，先生，我并不认识你。"

高个冷冷一笑："塔莎你总认识吧！告诉你，我是她的前夫，几年前，她看上了你这个小白脸，以婚内强奸罪把我送进了监狱，让我吃尽了苦头！不过现在，我总算苦尽甘来，熬到头了，所以我出狱第一件事就是来找你们算账！"

迈可尔没想到他心爱的塔莎还有这么一段婚史，但是谁知道他是不是在胡说八道呢："费舍尔先生，塔莎已经不在人世，你怎么让我相信你说的话是真的呢？"

"她将送我的信物转到你的手上,那是一个宝蓝色钻戒,里面贴肉的部位镀有'塔莎'的字样。她现在死了,那是上天的惩罚,而我要索回的就是那个钻戒,它怎么不在你手指上?"

"对不起,费舍尔先生,即使你要索回钻戒,那也要让法官而不是你告诉我。我正要抢救一位病人,她是我家里的仆人,请你放开我!"迈可尔试图挣脱出来,但无疑是徒劳的。

"迈可尔先生,忘了告诉你,我原本就是医生,医术可不算低。带我回你家为你那个仆人治病吧,顺便把钻戒找出来还给我,然后咱们各走各的道!"费舍尔努努嘴,矮个帮手不容分说将迈可尔架住,往他家里拖去。

进了客厅,费舍尔已经看见那个女仆一动不动地卧在沙发上,他托着迈可尔的下巴幸灾乐祸地说:"你这个女仆像是快死了,闹不好就是你谋杀了她……当然,你要是还犹豫着不想拿出钻戒,那我费舍尔倒愿多呆一会儿,直到她进天堂……"

迈可尔痛苦地开口了:"好吧,你们把钻戒拿去吧,但它在这个女仆的喉管里——"

"迈可尔,你胡说什么?"费舍尔大吃一惊,但他还是将信将疑地走近桑罗丝,停顿了几秒钟,突然从皮靴里拔出一把尖刀,向桑罗丝刺去……

迈可尔惊慌地喊道:"费舍尔,你拿刀干什么?快放下!"迈可尔想冲过来,但被矮个子死死箍住了。

费舍尔又是一声狞笑:"哈哈!不拿刀,那喉管怎么割开?"

迈可尔闭了眼睛,心里咒骂着自己和这个魔鬼费舍尔……

谁知费舍尔并不想现在就让双手沾满鲜血,他试着把桑罗丝倒了个个儿。他刚倒提起桑罗丝,奇迹还真的发生了,桑罗丝"哇——"的一声吐出一口秽物,那钻戒竟随着秽物滚落在地板上。

费舍尔丢下桑罗丝,一把抓起地上的钻戒:"宝贝终于物归原主了,我费尽心机的'夺宝'计划成功了……"

迈可尔睁开眼,厌恶地说:"快滚吧,费舍尔,当心塔莎让你今晚就去见上帝,她可不愿纯洁的钻戒被魔鬼玷污!"

费舍尔冷笑着重新攥起尖刀:"在你去天国会见塔莎之前,我可以告诉你,这结婚钻戒里面有精密的成像设备,当你戴上它,你研制的那个诱人项目就毫无秘密可言。我们想廉价得到那些秘密,于是制定了这个周密的'夺宝'计划。当然,你心爱的塔莎最初就是我们的一个重要成员,是她把钻戒亲自戴在你手上的。可惜她后来真的爱上你了,想半途而废,我们便不得不除掉她……"

迈可尔感到十分震惊:"那个研究项目是为所有希望长寿的人着想的,你们太自私了……"

"对不起,我们想独占这个成果。本来刚才你出门,碰巧遇上我们开来的车,我们想顺势制造一场夺命的车祸,但不巧的是你一直戴在手上的钻戒却偏偏不见了踪影,让你多活了几分钟,现在你获知了我们的所有秘密,现在就让这秘密永远不为人知。"费舍尔不再饶舌,舞着刀直奔过来……

就在这危急关头,费舍尔脚下突然被什么东西一绊,栽了下去,尖刀"咣当——"被磕出老远,还没等他明白怎么回事,一只手臂已被一只冰凉的手铐铐在了沙发扶手上,另一只手上的钻戒也被夺去了……那个矮个子正要过来增援,一支乌黑的枪管对准了他的脑门:"别动,当心手枪走火!"

恼怒的费舍尔还想挣扎一番,这时,好几个警员犹如从天而降般冲进了客厅。

迈可尔简直不敢相信自己的眼睛,原来刚才快如闪电的擒拿动作竟是女仆桑罗丝从地上一个鱼跃,手脚并用做出来的,他惊愕地问:"桑罗丝,你是——"

桑罗丝冲着迈可尔莞尔一笑:"是的,迈可尔先生,我是一名警员。两年前,你的妻子意外身亡,我们怀疑是谋杀,但没有足够的证据来证实它。这两年你在研究炙手可热的延年益寿的技术,而我们得到可靠线索,有人盯上你了,想不劳而获。这可不是一桩小事。不久前,我们得知你的研究已经进入最后阶段,于是我这个女警员就当起了你的仆人。今天你的项目大功告成,我们做了布控,专等着鱼儿进网。"

"你难道也知道钻戒的秘密?"迈可尔觉得这一切简直不可思议。

"不,是费舍尔的到来让真相大白,这么多天的女仆生活没有白费。不过,迈可尔先生,在你找到如意新娘前,香槟酒可要少喝点儿哦。"

(吴相阳)
(题图:安玉民)

危险的旅行

乔治是名珠宝推销员,今年四十二岁。这天,老板让他带着价值九万元的钻石去新英格兰,给一位顾客看样。尽管公司采取了保护措施,可这工作还是有危险。

一大早,乔治像往常一样和妻子玛丽道别,玛丽忧心忡忡地说:"当心,乔治。"

每次乔治出门,玛丽都会担心他有外遇,但她嘴上可不这么说。"我是说抢劫,路上很不安全。"

"我会当心的,我总是平安归来,不是吗?"

乔治的车在高速公路上开了一天,进入麻省时,他注意到有一辆绿色轿车在跟踪他。当乔治在一家汽车旅馆门口停下时,那辆绿色的轿车也停了下来，车里有人在抽烟。乔治立刻改了主意，他估计那人想等天黑下来再动手，于是他决定立刻开车去波士顿。这里到波士顿只有半小时的车程，公路上来往的汽车很多，灯光又明亮，而且，在波士顿找警察比在这里容易得多。

那辆绿色轿车一直跟在后面，乔治加速，它也加速，乔治恨不得立刻就开到波士顿。

突然，一排闪耀的红灯亮了起来，然后"绕道"的牌子也亮起来。乔治轻声咒骂着，只好向左拐，上了一条次级公路，那条路完全没有灯光。绿色轿车仍紧跟其后，乔治开始出汗了。

在微弱的灯光中，他看到前面有一条小路，乔治眼睛一亮，立刻加速拐进了小路，他希望这条路能通到乡村或者小镇。后面的绿车子立刻跟了过来。

就在这时，车灯照到一块反光路牌，上面写着"巴德贮水池"，乔治立刻意识到这是死路一条，不得不重重地刹住车。看着路尽头贮水池平静的水面，他惊出了一身冷汗。

后面的人肯定也看到了路牌，绿车在乔治后面大约五十英尺的地方停了下来，关掉车灯。乔治一手摸着箱子，一手伸到抽屉里拿枪。

后面那人已经下车，一只手插在口袋里，朝乔治走来。乔治不打算开枪，他准备把钻石交给那人，请求他饶命。

乔治从车上下来，用颤抖的手举起枪。那人借着车内的灯光，看到了乔治手上的枪，也把手伸了出来。乔治看到他手中也有枪，便下意识地扣动了扳机。

那人立刻倒在地上，四周变得死一般的寂静。枪从乔治的手中落到地下，他吓坏了。

乔治走到那人的车边，发现车门是开着的。他得把车挪到一边，自己才能原路返回，然后打电话找帮手。他机械地做着这一切，不断地想着自己杀了人。他本不想杀人的，哪怕是自卫。

突然，他停住了，他想到了另外一件事情：钻石。如果自己把钻石偷偷地留下，今后就再不用做这种危险的工作了。乔治努力理清思路，下了决心。

他走到尸体边，拿起死者的手枪，对着自己的汽车玻璃开了两枪，然后用袖口擦掉指纹，把手枪扔在那人手边的地上。他又从小口袋里倒出钻石，小心地分成三堆，用纸包起来，然后又从箱子里拿出三个信封，写上家里的住址，再贴上邮票。

之后，乔治倒了车，勉强挤过那辆绿色汽车，在黑暗中沿着来路缓缓地驶回去。不久，他看到一个邮筒，便停下来，把三封信扔进去，然后又向前开，找了个电话亭，接通后惊慌地说："给我接警察局！我被抢劫了！"

一个小时后，乔治被带到警察局，一个叫杜克的警官接待了他。杜克坐在乔治对面，第三次让乔治描述晚上发生的事。

"乔治先生，你说有两个人？"

乔治擦擦手掌心，说："是的，我想走小路摆脱他们，但是，他们逼过来，朝我开枪。"

"你们在贮水池边出了什么事？"

"就像我说过的，他们拿走钻石，然后逼我开到那条泥土路的尽头，想把我连车带人推进池里。我觉得他们要杀了我，所以趁他们不注意的时候，打开抽屉，取出手枪，打死了其中的一个。另一个见状撒腿就跑，带着钻石钻进了路边的树丛。天太黑，我看不见他。"

杜克警官说:"你能活下来很幸运,我们已经和你妻子联系上了。"

乔治说:"最近发生了这么多的抢劫案,我只希望我的老板理解,我想保护那些钻石,但我实在是无能为力。"

这时,一位穿着制服的警察走进办公室,递给杜克一张纸。杜克看完后,眼神变得奇怪起来,问道:"乔治先生,你和你太太之间有矛盾吗?"

"矛盾?没有,当然没有!我们有两个孩子。"

"她对你出差有什么疑虑吗?"

"我想任何一位妻子都会的,她很为我担心。"

警官放下手中的铅笔,两眼冷冷地看着乔治。

"你为什么问这个呢?"乔治说,手心又开始出汗。

"乔治先生,你射死的那个人根本不是抢劫犯,他是一位私人侦探,你太太雇他来监视你有没有外遇。"

房间一下子变暗了,并且开始旋转,乔治觉得喘不过气来。他迷迷糊糊听到警官在问:"你能不能告诉我们,你把那些钻石放哪儿了?"

(李 晟)
(题图:王申生)

死亡通知书

奇怪的患者

杜克是临江市人民医院心脏科的主治医师，由于他首创的"杜氏疗法"吸引了海内外许多心脏病患者，因此刚过四十的杜克，在全市几乎无人不晓，自然也就成了这家医院的一块金字招牌。

杜克现在的事业如日中天，忙得很长时间没有陪女儿出去玩了，气得女儿一见到他，就小嘴噘得老高。这天，他好不容易盼来了空闲假期，准备陪妻子和女儿去野外郊游，以弥补一下自己的亏欠。

正当杜克忙着收拾东西准备出游时，门铃突然响了起来。开门一看，竟是医院的张院长，在他身后还站着一个陌生的年轻人。

张院长突然登门,这让杜克感到十分意外。倒是张院长开门见山:"杜医生,我先介绍一下,这位年轻人叫凌宇,刚从美国留学回来,是欧阳震天的公子。"

说到欧阳震天这个名字,在临江市可谓是声名显赫。他创办的震天集团财势雄厚,曾多次资助公益事业,单单欧阳震天五十岁生日那天,一下子捐助一百名失学儿童的大手笔,便已经让杜克又敬又畏了。不过,自己和欧阳老先生毫无关系呀!

看到杜克一脸疑惑,凌宇赶忙开了口:"是这样的,家父近些日子身体每况愈下,他又十分迷信,根本不肯到医院就诊,每次身体不适,他总是请几个著名医生上门会诊。这次,经我好说歹说,他才总算松了口,同意到医院接受治疗。我在国外早就听说杜克医生的大名,所以特来登门拜访。"杜克听了,想起这些天的郊游计划,本想张口回绝,但看到站在一旁满脸期待的张院长,只得点了点头。

两人离开后,杜克一脸歉意地望着女儿,女儿小嘴一噘,转身跑回了自己的房间,他只好求助地望着妻子。一向善解人意的妻子笑了笑说:"你去忙吧,女儿的思想工作交给我。"

杜克的妻子叫唐希,是报社记者,她能抽出一天时间去郊游也很不容易,现在郊游作罢,她却毫无怨言,这多少让杜克有些欣慰和感激。

等杜克匆忙赶到医院,已经是中午时分了,他快步走进特护病房。这病房的落地大窗正对着曲折蜿蜒的东江,风景如画,环境幽雅。杜克进入病房,仔细打量了一下躺在病床上的欧阳震天。只见他双鬓挂霜,神态显得有些疲倦,但是眉宇间仍然透着一股威严。不知为什么,这种目光竟然让杜克有些不寒而栗。

欧阳震天似乎不太欢迎杜克,一副爱理不理的样子,杜克只简单地询问了几句病情之后,病房内便沉默了。站在病床前的凌宇一见这情况,赶忙过来招呼:"杜医生,家父的病,就全拜托您了。"

杜克扫了一眼凌宇,心想:欧阳震天唯一的儿子怎么姓凌?不过这疑问只是一掠而过,随即他微笑着说:"医生的天职就是救死扶伤,我一定竭尽所能。"

凌宇听了这几句话,若有所思地点了点头,而欧阳震天只是望了望杜克,又望了望凌宇,一句话也没说,却把头扭到了里侧。杜克见了,心说:看来父子俩的感情并不是十分融洽呀!

杜克和凌宇说了几句客套话后,正准备抽身退出病房时,欧阳震天却突然发话了:"杜医生,麻烦你每天给我两粒安眠药。"

杜克一愣:"安眠药?可是,你的心脏病,根本不能……"但欧阳震天又把头转向了里侧,不再理会杜克的话,这让杜克十分尴尬。

凌宇朝杜克点了点头,示意他只要照做就行。杜克从来没见过如此霸道的患者,差点摔门而去,但他还是努力克制住了自己的情绪,很有礼貌地退出了病房。

杜克离开后,凌宇似乎有些不满:"爸,你刚才也太过分了吧?"

欧阳震天粗暴地吼道:"你不要管,你只要把公司管好,其他的事你都不要插手!"

凌宇一听这话,瞪着红红的眼睛说:"公司,公司,你的心里全部都是公司,难道就没有一些其他的东西?"

看到儿子竟敢顶撞自己,欧阳震天愤怒了:"你出去,我不想看到你!"紧接着,便是凌宇摔门而出的声音。

欧阳震天的病确实不轻,但在杜克的精心治疗下,他的病情日渐好转,连脾气也渐渐地好了起来,常常和杜克有说有笑。而凌宇却很少来医院，即便是偶尔来一次，也是匆匆赶来，匆匆离开。

关于欧阳家族的家事，杜克也多少有了一些耳闻，至于更具体的纠葛，杜克不得而知，也不便细问。他只是觉得，原来家家有本难念的经，连赫赫有名的欧阳家族也有烦心事儿。这么一想，杜克不由得暗自庆幸自己家庭的温馨，想起心爱的妻子，可爱的女儿，他心中不由涌上一股喜悦和满足。

这天，杜克像往常一样来到欧阳震天的床前，简单地帮他做了全身的检查之后，欣慰地说："欧阳老先生，恭喜你啊，你的身体一切正常，各方面都恢复得很好。如果不出什么意外的话，相信很快就能出院了。"

欧阳震天只是笑了笑，而站在一旁的凌宇倒有些意外地问："杜医生，你是说家父的病好了，很快就能出院？"杜克一脸欣喜地点了点头。

可是凌宇却没有想象中那么开心，刹那间他的脸色变得苍白，随口"哦"了一声，便走了出去。

神秘的包裹

这天是星期天，杜克正在家里休息，门铃忽然响了起来。杜克开门一看，是一位邮递员站在门口："请问你们谁是杜克先生？这里有他一个包裹。"

杜克感到诧异，虽说以往也有过患者寄来一些譬如土特产之类的东西，但杜克从不接受，总会原封不动地退回去。更何况，杜克的家庭地址是保密的，怎么会有人直接把东西寄到家里来呢？带着种种的疑惑和不解，杜克接过包裹，回到里屋，想看个究竟。

包裹不大，里面只有一张破报纸和两张照片。一张照片上是一辆墨绿色的本田轿车，停在一处墓园的门口；另外一张照片则是一家专营店的特写，门口有人在舞狮，场面非常热闹，显然是一家刚开业的新店。再看报纸的顶部，却写着"天国的召唤"五个隶书大字。

杜克手捧着这几样东西，不由感到丈二和尚摸不着头脑：这是什么意思？怎么会有人寄来这几样莫名其妙的东西？

杜克的眼光不由又落在那张破报纸上，《临江晚报》是自己再熟悉不过的报纸，杜克曾经化名"风语"，在上面发表过多篇文章，但他实在搞不懂寄张报纸有何用意。然而，当杜克看到报纸的标题时，他的脸色顿时变得惨白。一个大标题上清楚地写着："著名医生杜克先生今日凌晨离奇死亡"。他一下子明白了"天国的召唤"这句话的含义。

杜克当然不会随便相信这些鬼神之说，他努力使自己平静下来，自我安慰道："也许只是某些人的恶作剧吧。"可当他看到报纸的出版时间时，他再次愣住了，报纸是三月十号的，而今天才刚刚二月十号，也就是说，这是一份一个月后的报纸，是一份来自未来的报纸。

这一天，杜克是在神情紧张迷茫中度过的。等到妻子女儿全都睡着了以后，杜克悄声下床，来到自己的书房，重新拿出那个包裹，仔细端详起来：上面没有寄信人地址，自然查不出包裹是从哪里寄来的。他又重新看了看报纸，在那个让杜克触目惊心的标题下面，还有两则快讯：一则的内容是："大型公益植树活动落下帷幕，两周辛苦换来百年平安"；另一则的内容是："震天集团董事长欧阳震天在杜克医生近一个月的精心治疗下，已于近期出院"。

杜克心里清楚，凭着自己的精湛医术，欧阳震天痊愈出院是迟早的事情；而眼下正值初春，植树也未必没有可能。想到这里，杜克不由得心烦意乱起来。

这时候，妻子唐希悄无声息地走了过来，她看到了桌子上的包裹，好奇地走上前去："咦，这是什么东西？"

杜克赶紧把那些东西塞进了书桌里，望着妻子惊讶狐疑的目光，他突然心不在焉地说了一句："唐希，如果我死了，你怎么办？"

唐希赶忙捂住了他的嘴，嗔道："傻瓜，不许你胡说。"杜克望着自己心爱的妻子，只好把话又咽了下去。

看着欲言又止的杜克，唐希心里明白：杜克不肯对自己说明事实的真相，肯定有他的苦衷。凭着记者职业的特殊敏感，她觉得这件事情肯定非同寻常。

很快一周过去了，并没有出现什么反常情况，杜克的情绪也渐渐平静了，他想，可能真是某些人的恶作剧吧。想不到自己一个无神论者，竟然也相信起了宿命安排，杜克不由暗自嘲笑起自己来。然而紧接着发生的一件事情，让杜克再次重新陷入了极度的恐慌之中。

这天午后，正在实验室里工作的杜克，接到了一个陌生男人的电话。电话里，那男人十分焦急，话也说得结结巴巴，杜克听了半天，才听明白男人的意思。原来那男人的八十岁老母亲突然犯病，但他家住在离这里一百多里的郊区，怕在路上长途颠簸老人会受不了，所以希望杜克能够出诊。杜克是从来不提供上门服务的，但他听了那男人的哀求，稍稍犹豫了一下，还是破例同意了。他向男人问了一下地址，立马挂了电话，匆匆下楼，直奔医院的停车场。

杜克有一辆私家车，那是一辆银白色的旅行车。让杜克万万没想到的是，当他到了医院的停车场，发现车子的四个车胎竟无缘无故地爆掉了。

车子从来没有出现过这样的毛病，加上事情紧急，杜克一时不知如何是好。他估计出租车是不会愿意去那种偏远的鬼地方的,慌乱中,他只好给最近的修车厂打了个电话。修车厂的拖车很快到了,工作人员一检修才发现,不只是车胎爆掉,还少了好些零件。

为了救人,杜克心急如焚,无奈之下,只得找到维修厂的经理,向他说明情况,要求借辆备用车。可是,当杜克填好单子,跟随经理来到车库,看到那辆备用车辆时,他的眼睛一下子直了:在他眼前是一辆墨绿色本田轿车,竟然和照片上的那辆一模一样!

杜克一下子呆了。旁边的经理带着歉意说:"不好意思啊,另外一辆桑塔纳已经被刚才的一位顾客给开走了,就只剩下这一辆轿车了,你总不能开着卡车去救人吧?"杜克觉得眼下时间就是生命,他已经不能再犹豫了。

开着这辆本田车,杜克如坐针毡,想不到天底下真有这么巧的事情,自己还是鬼使神差地开上了照片中的车。难道这真是上天的安排?杜克不禁又心慌意乱起来,以至于连路口的红灯都没有看到,差点撞到了前面的车上,他一个紧急刹车,才避免了一场交通事故。

杜克长舒了一口气,稳了稳神,开车疾驰,没过多久,就来到了清波路。这里是远郊,四周冷清偏僻。但奇怪的是,杜克沿着清波路,开了一圈又一圈,却始终找不到73号,而这条清波路的尽头也仅仅是70号而已。

杜克迷惘了,他问了路边的修鞋匠,修鞋匠抬起头,眯着眼,看了看杜克:"你找73号啊?沿着这条街一直走,走到尽头也别停下,就能找到了。"杜克立即启动车,继续往前开。

不一会儿,杜克眼前出现了一大片空地,全是苍松翠柏,一股肃穆气氛。当杜克的车经过一处大门时,他突然心惊肉跳起来,胡乱地猛踩了一下刹车，车正好停在了大门旁边。只见大门上清清楚楚写着"73号公墓"几个大字。原来这里根本没有清波路73号，只不过这座公墓位于清波路的尽头，所以当地的居民习惯性地把它叫做"清波路73号"。

杜克的头仿佛炸了一样，他不禁感到了一阵眩晕。第一个预言已经兑现了，杜克似乎已经听到了死神的脚步声。

显而易见，是有人故意把自己引到这里来的。望着阴森肃穆的陵园，杜克心里又气恼又惊恐，他疯狂地按着喇叭，任凭这刺耳的声音响个不停。但他却没注意，在他的车子后面，还跟着两辆车。

兑现的预言

那天夜晚，杜克翻来覆去地思考着，回想起这些天的离奇遭遇，几乎一夜不能入睡。

可是杜克没注意到，还有一个人也是一夜没睡，那就是他的妻子唐希。

第二天，杜克向医院请了一天假，准备好好休息一下，妻子唐希却一大早便出了门。面对空空的房子，杜克怎么也平静不下心绪，总觉得有什么事情要发生。这么一想，杜克的神经又紧张起来，他干脆放弃了休假，直奔医院，他要用工作忘掉不安和恐惧。

医院像往常一样平静。突然，杜克的目光被一个熟悉的背影吸引了过去，他不禁一愣：明明说今天单位里要开会，她怎么来了医院？而且看上去是那么匆忙？难道她有什么事情瞒着自己？

晚上回到家时，唐希已经准备好了晚饭，杜克望着忙前忙后的妻子，装作漫不经心地问道："今天的会，开得怎么样？"

唐希一愣，支支吾吾道："呃，还行，挺顺利的。"

当看到妻子眼神中藏不住的慌乱，杜克的心里又猛地一紧。

吃完晚饭，杜克心事重重地把唐希叫到了阳台上，开门见山地问："你今天没去开会吧？说实话，你到医院去干吗？你是不是有什么事情瞒着我？"

唐希显然一愣，看着杜克怀疑的神情，她突然委屈地哭了起来："没错，我是有事情瞒着你。你知道吗？我检查出了尿毒症，我不想让你们担心，我不想离开你和孩子啊。"

唐希这话如同晴天霹雳，震得杜克几乎厥倒，真是屋漏偏逢连夜雨，接二连三的不幸彻底把杜克击垮了。他绝望地望着妻子，欲哭无泪。

这天晚上，杜克躺在床上，翻来覆去地睡不着，他放不下妻子，也舍不得女儿，假如妻子和自己都不在了，女儿怎么办？那一夜，杜克又失眠了。

第二天，杜克一脸疲惫地走进病房。欧阳震天一眼就察觉出了杜克的反常，他警觉地问道："杜医生，发生了什么事情？"

杜克凄然微笑道："欧阳先生，一切都很顺利，相信不久你就可以病愈出院了。"

欧阳震天也笑了笑："杜医生，我今年已经五十八岁了，早过了该知天命的年纪，你愿意听听我的故事吗？"

听欧阳震天要讲自己的故事，杜克觉得非常诧异，但还是点了点头。

欧阳震天看了他一眼，紧接着说道："几十年前，我为了生存，一狠心离家出走了。我扛过沙包，当过小工，卖过报纸，贩过假烟，还因此在监狱里吃了三个月的苦头。在监狱中，我心灰意冷，也曾经想到过死，我把牙刷头磨得十分锋利，只要把它往嗓子口一扎，很快就可以解脱了。

但是我最终没有那么做。我辛苦打拼，直到五十岁时，才成就了现在的一切。"他顿了顿，接着说，"但是，我很对不起我的家庭，对不起我的妻子和我那可怜的小弟……假如时光可以倒流的话，我宁愿舍弃我全部的事业，来换取他们的幸福。"说完这些话，他深情地望了一眼杜克。

杜克听后，愣了半天，才喃喃说道："事业算什么？如果你是位医生，为了拯救你的家人，你肯放弃别人，哪怕是病人的生命吗？"

欧阳震天一愣："杜克医生，你在说什么？"

杜克意识到了自己的失态，他对欧阳震天说："半个月之内，你一定能康复出院。"

欧阳震天听了摆了摆手，闭上了双眼，示意自己累了，杜克不再言语，帮他轻轻盖好被子，退了出去。

出了欧阳震天的病房，杜克冷静地仔细地回味了一下欧阳震天的话，突然有所感悟：自己不应该坐以待毙，不能向命运屈服，事在人为，我要改变自己的历史。

他首先去修车厂换回了自己的车，紧接着，他翻出了另外一张照片，那是一家新开张的专营店，一看便知它隶属于震天集团，这种专营店在整个临江市不下三十家。照片上显示这家专营店是三月五号开张，今天是二月二十二号，他有足够的时间去了解，去调查。

时间很快又过去了三天。这天，杜克像往常一样打开电视机，碰巧电视台正在播报当天的新闻："各位观众，经过多天的资金筹措，在一些企业的大力支持下，我们市准备沿堤坝建造一片防洪林，以保障坝区人民的安全。预计此次活动大约持续半个月左右。防洪林建成之后，将会极大地促进我市防洪抗汛工作的开展……"

杜克一下子惊呆了。对于全市人民来说，这个消息应该是个天大的喜讯,但对杜克来说,又一个预言即将成真,他的精神近乎崩溃了。

隔天,杜克一见到凌宇,就激动地冲了过来,责问道:"你为什么要去赞助植树活动?"

凌宇一脸纳闷:"杜克医生,你怎么了?"他见杜克眼睛布满了血丝,像头发狂的豹子,就一脸无辜地说,"那也是我父亲的意思,我们震天集团向来都是热心公益事业的。"

听了这些话,杜克渐渐地恢复了理智,他愣愣地走进了院长办公室,要求休假一个月。但是,他仍然担当着欧阳震天的主治医师,并承诺半个月之内,一定会让欧阳震天出院。

接下来的几天,杜克除了每天定时来医院看望一下欧阳震天之外,其余的时间都躲在自己的书房里。欧阳震天的身体正在一天天地好转,而杜克的心却一天天地变冷,他不想过多地抛头露面,他在等待三月五号——照片上的专卖店开门的日子。他想,假如那家店如期开张,自己也将注定难逃"离奇死亡"的宿命安排了。

转眼到了三月五号,这天,杜克早早就开着车上路了,他不知道那家店铺会开在哪条路上,只得漫无目的地开着。

当杜克的车开到兴国路时,他的眼光死死地盯住了街的拐角。

那是一家装潢格局熟悉的专营店,挂着的条幅上明晃晃地写着:震天集团第三十六家专营店开张大吉。门前鞭炮齐鸣,乐声嘹亮,舞狮前后翻滚,玩耍嬉戏,热闹非常。围观者人山人海,甚至唐希和她的同事们也在进进出出,忙着进行现场采访。

杜克见此情景,仿佛看到魔鬼一样,他疯狂地跳下车,朝着舞狮跑去,嘴里大喊大叫着:"不许开张,不许舞狮,不许开张……"

很快,几个壮汉就拦住了他。

杜克感觉周围好像出现了一个很大的漩涡，那漩涡很深很黑，正准备把他吸进去，而他自己却手脚无力，只能无可奈何地等待死亡。他终于两眼一黑，晕了过去……

意外的发现

醒来后，杜克发现自己已经躺在了自家的床上，妻子唐希正守在自己的身边。见他醒来，唐希眼含泪水，埋怨道："你一个人跑到那里干啥？你到底还准备瞒我多久？"

杜克凄然地笑了笑："不会有多久了，只剩下短短的五天了。答应我，如果我有什么不测，一定要照顾好自己和咱们的女儿。"唐希凝视着丈夫好一会儿，点了点头。

等妻子睡熟之后，杜克悄无声息地走进书房，重新翻看了那张报纸，把所有的问题从头串了一遍，得出的结论是：一切都和震天集团有关。他不由恨恨地想，假如那天不接受诊治欧阳震天，这一切就不会发生。病人出院了，医生却神秘地死亡了，这真是个天大的笑话。难道欧阳震天真是个可恶的人？可是，他为什么要害自己呢？杜克百思不得其解。

但是，包裹里面的一切，统统在逐一变成现实，他却无力阻止，接下来就是自己离奇死去。但杜克深爱着自己的妻子和女儿，他离不开她们。可眼下如果想成全自己家庭的美好未来，途径只有一个，那便是除掉欧阳震天，改写这段历史。

对于已经干了十几年医生的杜克来说，要让一个心脏病患者死去易如反掌，但作为以救人为天职的医生，现在却要去杀人，令杜克感到了前所未有的悲哀。

第二天,杜克刚走到病房门口,就听到凌宇和欧阳震天的吵架声。等到杜克走进去后,两个人都住了口。凌宇临走时,冲欧阳震天冷笑了一声:"想让你死的人,说不定还不止我一个人呢。"

欧阳震天愣了一下,用一种疑惑的目光看了一眼杜克。

杜克没有说话,见外面阳光明媚,就走过去想把欧阳震天扶起来,到外面去欣赏一下风景,散散心。就在他弯腰时,头上的白帽子擦在欧阳震天的身上,露出了额头上小小的一个黑色伤疤。

奇怪的是,一见伤疤,欧阳震天突然眼光发亮:"你额上的伤疤是啥时落下的,咋落下的?"

杜克忙把帽子戴好,然后漫不经心地回答:"噢,那是我很小的时候落下的,咋落下的记不太清楚了,我哥知道,可我哥……"

杜克说不下去了,流下了泪水。欧阳震天却呆立在一旁,半天才缓过神来,他的眼神突然变得有些茫然,轻轻地对杜克挥了挥手,说:"我累了,想好好地休息一下。"

对欧阳震天的这些奇怪表现,杜克已经并不在意了。关上病房门的一瞬间,杜克心里说:欧阳震天,对不起了,过几天你想看风景,估计也没有机会了。

这天,医院传出一个惊人的消息:欧阳震天死了,诊断结果是自杀。杜克茫然地走进张院长办公室,但没等杜克开口,张院长反而先说话了:"杜医生,你说奇怪不奇怪?这欧阳震天的身体恢复得这么好,为什么会突然自杀呢?更为让人不解的是,他临死时,手里竟然握着一封信,是专门给你的。"

杜克接过信,看了一眼,突然"啊"地大叫一声,瘫倒在地……

直到晚上,杜克才幽幽醒过来,嘴里喃喃叫着:"哥,哥……"

正当杜克不断地呼唤着"哥"时,他的手机突然响了起来,里面传出一个男人冷冷的声音:"杜医生,谢谢你帮我除掉了这个可恶的老东西。想知道包裹的秘密吗?请赶紧来你的办公室。"

杜克大吃一惊,他发疯似的一把推开妻子,奔到车库,发动车子,朝医院驶去。

杜克推开办公室的门,只见椅子上端坐着一名男子,身穿黑色风衣,眼神中透露出一丝凛冽和得意,此人竟然是凌宇。

杜克呆了,他万万没想到凌宇会出现在这里。凌宇望着发呆的杜克,嘴边露出一丝阴笑:"杜医生,你一定想不到吧,哈哈,其实你的那个包裹,那张所谓的预知未来的报纸,不过是我的一个小小的障眼法而已。而你,一个高级知识分子,竟然信以为真,哈哈哈哈!"

听了凌宇的话,杜克这才明白,自己从一开始就钻入了他的圈套。然而这一刻,杜克却显得出奇地冷静:"可是,你为什么要杀害自己的父亲呢?"

凌宇恨恨地说:"父亲?他是我父亲?他凭什么做我的父亲?他充其量算是剥夺了我的母爱,抢走了我的母亲,害死我母亲的凶手!"

这一刻,杜克觉得连时间都凝固了,只听到凌宇在恨恨地诉说欧阳震天和他的恩怨。

说起来,凌宇这个人既命苦,又古怪。他的母亲不是欧阳震天的结发妻子,他也不是欧阳的亲生儿子。他四五岁时,父亲因车祸丧命,留下了孤儿寡母相依为命。小凌宇想死去的父亲想得日夜哀哭,却不许别的男人踏入他家半步。可是欧阳震天却闯入了他家,从他身边夺走了他母亲,使他成了"拖油瓶"。尽管欧阳震天视他如己出,可他却视其为敌,咒他,恨他,直到他上了大学,去美国留学,也没叫过欧阳震天一声"爸"。

凌宇自己也承认，他这个继父和母亲平时关系很好。可是他认为自从欧阳开始创办震天集团，就仿佛变成了另外一个人，整天不知疲倦地泡在公司，甚至对他母亲的病情也不管不问。等到母亲被送到医院时，已经是肝癌晚期了。后来，他母亲撒手而去，他认为这是欧阳震天害的，他恨他，恨这个狗屁震天集团……是他们联手害死了他的母亲。

杜克说："所以，你就想借我的手除掉他，并且精心伪造了那份报纸？而且，如果我没猜错的话，你的母亲，应该就葬在清波路73号吧？"

凌宇嘴边又出现一丝得意："不错，我母亲的在天之灵，终于保佑我如愿以偿，哈哈哈……"

可是，他的笑声没落，门外传来一个响亮的声音："先别高兴得太早，事情还没结束呢。"

凌宇不由得大吃一惊，抬头一看，只见门口站着一个女人。

真情的碰撞

来人竟然是杜克的妻子唐希。看到她，凌宇惊诧地问："你、你怎么会来？"

唐希微笑着回答："我和杜克十几年夫妻，他有什么心事，怎么能瞒得了我？我早就知道了包裹的事情，并且暗中进行了调查，发现了这其中的许多疑点。只是，我并没有把我的行动告诉杜克而已。"说到这儿，唐希深情地望了杜克一眼，"不过我必须做到两点：一，绝不能让杜克被你当枪使，成了你的替罪羊；二，绝不能让他干出违法的事！"

凌宇脸色开始发白了，嘴里嘟囔着："你怎么可能会发现？这一切我做得简直是天衣无缝。"

唐希笑道："你不相信？那好吧，让我一个一个地给你解释。"

其实，自从那天唐希看到杜克桌上的包裹，见他匆忙把包裹塞进保险箱，以及他欲言又止的神态，她就知道，丈夫一定有事，他不讲是不想让自己担心。所以唐希便背着杜克，看了包里的东西，并悄悄展开了调查。很快，她便发现了这一切都与凌宇有关。

凌宇把包裹寄给杜克后，就按照包裹中的内容事先安排好，并为实现那些预言创造条件，让杜克去重演。事实上，那天打电话给杜克的人是凌宇，扎烂杜克的轮胎、卸去车上零件的人，也是凌宇，最后他逼得杜克去开那辆墨绿色的本田车，这样，第一张照片便可以顺理成章地变成现实。唐希凭借记者的身份，从修车厂的修车记录中看到了凌宇的姓名，凭借着职业的天性，唐希敏锐地意识到，一定是凌宇在捣鬼。于是，她一方面注意凌宇的行动，一方面去一一破解那些预言。

首先，唐希从在林业局工作的同学那儿打听到，由于新市长刚上任，加上适宜的天气，林业局很早便做出了公益植树的计划。而作为赞助商之一的震天集团，自然能提前一个月知道这些信息。

听到这儿，凌宇的额头渐渐地渗出了汗珠，他紧张地望着唐希，简直不相信眼前这个柔弱的女子，竟然如此轻而易举地破解了他的"智谋"。杜克似乎也被唐希讲的故事吸引了："但那家专营店呢？那些舞狮呢？这又是怎么回事？"

唐希嗔道："你啊你，亏你还是一名医生，竟然连这点手法都看不出来，那张照片压根就是伪造的。"

唐希说，震天集团的所有专营店都遵循着一个原则：要让顾客在任何一个店里都能享受到同样的待遇。所以，震天集团的这三十几家专营店，全部是一样的装潢，一样的门面。而且它们还有一个共同点，那就是每家专营店开张时,总会请来几只舞狮,预示着兴旺发达,蒸蒸日上。公司每家专营店开张,都要提前两个月报请总公司批准,近来凌宇全权负责震天集团的生意,自然知道在三月五号那天,公司的第三十六家专营店会开张。他只不过事先把以前的专营店开张时的照片,做了一些电脑处理,又加上了三月五号的日期,便轻松地瞒过了杜克的眼睛。

凌宇面如死灰:"这些,你怎么可能知道?"

唐希摇了摇头:"我当然不可能知道。但是你却犯了一个常识性的错误。在兴国路上,每家店的门口都有门牌号码。在路南,门牌号码一律要镶在门柱的左边,而路北,门牌号一律镶在门柱的右边。这样做,一是为了城市的整洁,二是便于政府管理。震天集团开的这家新店位于兴国路的路南,可是,照片上的这家专营店的门牌号码却是镶在了门柱的右边,这根本不符兴国路的特点。相信你凌大少爷,一定忽视了这个小小的细节。"

凌宇一下子呆了,嘴里喃喃说道:"一切,一切都完了……"

杜克站了起来,深情地把妻子搂在怀里:"谢谢你,没有你,我可能真要闯下大祸了。"

唐希嫣然一笑,突然又想起来什么似的,对着凌宇说道:"对了,你还有一个很大的失误,你发现了吗?"

呆立在一旁的凌宇,木然地摇了摇头。

唐希微微笑道:"你们两个大男人,果然是粗心得不得了。其实,你的那份报纸,伪造得简直天衣无缝,连我报社的朋友都难辨真假。但是可笑的是,从三月份开始,《临江晚报》已经全部改成彩版了,你所有的谣言,其实早已经不攻自破,只不过你们一个报仇心切,一个惊慌失措,却连这么明显的漏洞都没有察觉。"

杜克一愣，想笑却又笑不出来。而这个消息，对凌宇简直是个毁灭性的打击，他突然仰天大笑，眼角流下了泪水："天意……天意啊。"

这时，杜克突然又想起来什么，他不解地看着凌宇："你要你父亲死，为什么要选择我？"

凌宇的眼光突然变得冷峻可怕，他冷冷地笑道："因为……因为我查出来一个真相，知道了你是欧阳震天的亲弟弟。我要做的，就是要让整个欧阳家族家破人亡，以慰我母亲在天之灵。我要亲手毁掉这家震天集团，这一切的前提，是取得震天集团所有的权力，而你的存在，对我始终是一个威胁，所以……"

杜克望着满脸憔悴的凌宇，痛惜地说道："可你现在能得到什么？"

凌宇又一阵冷笑："现在嘛，欧阳震天这个老鬼终于死了，你也摆脱不掉杀人的罪责……"

可是，凌宇的话音未落，门口传来一个苍老的声音："谁说我死了？我找了几十年的小弟怎么会杀我这个哥哥？"接着，只见欧阳震天在张院长的搀扶下走了进来。

见欧阳震天还活着，凌宇的脸"唰"地白了，额头上冷汗直冒。

欧阳震天走过来，拉着杜克的手，嘴里连连唤着："小弟，小弟，想死哥了呀！"接着，他老泪纵横地说了起来。

四十多年前，一场洪水毁了欧阳震天的家，卷走了父母。当时才十五岁的欧阳震天抱着三岁的小弟弟拼命奔逃，才逃过一劫。可是，家没了，父母没了，一时间举目无亲，他只得驮着小弟到处乞讨，可是好手好脚的大小伙子讨不到钱，饿得兄弟俩一个哇哇哀哭，一个头昏眼花。一天，兄弟俩饿得摔倒在地，小弟的头撞在石头上，血流不止，幸亏一个老大妈从家里抓了一把香灰堵上才止住了血，可从此，小弟额头上就留下了一个终身难消的黑疤。

说到这儿，欧阳震天摘下杜克的白帽子，像当年那样疼爱地抚摩着那黑疤，说："几十年了，一想到小弟额头上的伤疤，我就会哭，我的心像被刀刺一样滴血！"接着他说，眼看讨饭难活命，他只得把小弟安顿在栖身的窝棚内，自己出去打工挣钱，没想到晚上回来，小弟不见了。他哭呀，喊呀，狂奔着几乎找遍全城，也没找到小弟。他绝望了，他只得一边找小弟，一边打工，拼搏了几十年，直到事业有成。但他万万没想到，失散几十年的小弟找到了，而由自己一手抚养成人的继子，居然想要自己的命，还要搭上小弟。他感激地望着唐希说："要不是唐记者，不，要不是我的这位聪明贤惠的弟媳妇暗中相助，后果不堪设想呀！"

但是，令在场的人感到诧异的是，欧阳震天既没有责骂凌宇，也没说要怎么处置他，甚至连正眼也没看他。

凌宇只是用怪异的目光瞅了唐希一眼，随后站起身，一声不吭地走了出去……

（刘鹏程）
（题图：杨宏富）

神探·谜案
shentan mian

善与恶,美与丑,崇高与平凡,真相与谎言,往往只在一线之间。

打虎奇案

清朝嘉庆年间，一个樵夫在湘南耒阳卧牛山发现有人遭袭遇害，当即下山报告了地保，地保又骑快马报到县衙。接到报案，耒阳县县令楚天远立刻带领捕快和仵作匆匆赶到现场，只见现场有一堆血肉模糊的残肢断臂，惨不忍睹，地上滚落着两颗头颅，脸上带着惊恐的表情，好像临死前见到了令他们魂飞魄散的事情。

一炷香的时间过后，仵作过来报告说，现场只发现一副身躯，还有一副身躯不见了。而从伤口痕迹判断，两人是死于猛兽撕咬，这猛兽很可能就是灭迹多年的老虎，另外一具身躯应该是被老虎吃了。

楚天远一听"老虎"二字，不由浑身一颤。十几年前卧牛山是有老虎出没，当时曾进行过一次围剿，打死了数只老虎，从那以后，老虎就销声匿迹了，难道如今又出现了？楚天远把地保叫来，详细询问，地保肯定地点点头，说："没错，这只老虎是今年春天出现的，打猎的、砍柴的、挖药的都看到过它，但吃人的事还是头一回……"

楚天远听了陷入沉思，这时捕头年猛递过来一个蓝布包袱，说是在现场发现的。楚天远打开布包，里面是一个卷轴，展开卷轴，竟是一幅名画——唐伯虎的《仕女图》。楚天远盯着画看了一阵，对捕头年猛说："带回去。"

回到县衙后，楚天远命人贴出一张告示，告知来往行人山上有虎，上山切记注意安全，本县不久将上山围剿。接着，楚天远命年猛速去查明这两个死者的身份，然后回到书房，再次打开《仕女图》细看起来。

第二天晌午，年猛领着一个富态的老人来到衙门，禀报说："死者的身份已经查明了，是耒阳威武镖局的两个镖师王福和李德，他们押镖去长沙，所接的镖就是这位老先生的。"

老人上前自我介绍道："老夫姓乐名思慎，前几天托威武镖局押镖去长沙，没想到今天听年捕头说，他们在卧牛山被老虎害了，真是不幸呀！"

楚天远一听这个老人叫乐思慎，眉毛不由得跳了跳。乐思慎这个人楚天远有所耳闻，他曾在朝廷做过京官，后因病辞官还乡，一直过着隐居的日子。楚天远深施一礼，说："原来是乐老先生呀！失礼，失礼。"

乐思慎赶紧还了一礼，说："不敢。老夫组织了一支灭虎队，准备上山灭虎，以绝后患。"

楚天远说："老先生的义举真是可敬可佩，不知您托给威武镖局的是趟什么镖?"

乐思慎说:"老夫酷爱收藏古玩字画,这次所托的镖是一幅古画,唐伯虎的《仕女图》,送给在长沙做生意的犬子,不知这画可曾找到?"

楚天远看了他一眼,说:"我立刻派人去找,一有消息马上通知您。"

第二天黎明时分,几个派去卧牛山探查虎迹的捕快回来了。他们禀报说,老虎轻而易举地就被发现了,因为这只老虎的嘴巴和鼻孔里射出一团团白光,模样十分可怕,就是这白光暴露了它的行踪。他们见了,根本不敢有所行动,当夜就连滚带爬地下山回来了。

楚天远听了禀报,惊诧不已。他找来地保,询问老虎的嘴巴鼻孔里为何会有白光,地保诧异道:"也有人曾晚上见过老虎,却从没听说过它会放光呀!这是怎么回事?"

楚天远听了,不由更加纳闷起来。他找到当地驻军,请求驻军派二十名训练有素的兵士和十名弓箭手随同前往卧牛山灭虎,驻军爽快地答应了。

黑夜降临,众人举着火把向山上走去。走了一个多时辰,猛然看见不远处出现一团白光,捕头年猛指着那团白光对楚天远说:"大人,那团白光就是老虎发出的。"楚天远抬眼望去,那里果真卧着一只大虎,白光就是从老虎的嘴巴和鼻孔里射出来的。他一时有些呆了:真是不可思议,这老虎莫非成精了?

老虎嗅到了众人的气味,缓缓抬起头望向这边。楚天远赶紧指挥兵士围拢过去,这时,老虎慢慢站起了身,嘴巴鼻孔里射出一团团白光,虎脸看上去明暗不定,十分诡异恐怖。

楚天远大喝道:"大家不要紧张,弓箭手准备射箭……"

话未落音,老虎一跃而起,兵士们呐喊一声,长枪齐齐刺向老虎,圈外的弓箭手也开始放箭。终于，老虎身中数箭，伏在地上不动了。

楚天远走近老虎的尸体细看，只见它嘴巴鼻孔里射出的白光并未消失。如果这老虎真是成精了，那白光应当随着老虎死去而消失啊……楚天远心念一动，端详了死虎一阵，蹲下身挥剑划开了死虎的腹部，再一挑，从死虎的胃里挑出一个光华四射的圆球。楚天远一见这颗圆球，不禁倒吸一口冷气，因为他认出来了，这圆球是一颗罕见的夜明珠。从体积和光亮上看，均堪称当世珍品，价值连城。

众人这才醒悟，老虎嘴巴鼻孔里射出的白光并不是天生而成，而是这颗夜明珠在其体内发光。

楚天远剑尖一抖，夜明珠便落入手中。他从怀里取出一块柔软厚实的黑布，将夜明珠包好，放入怀中，夜明珠被包裹起来的一刹那，众人都觉得眼前一暗。

众人抬着死虎下山的时候，已是黎明时分，路上，正碰上乐思慎带领灭虎队迎面而来。乐思慎看到那只死虎，不由愣了一下，刚想上去对楚天远说几句恭维的话，不料捕头年猛走向前，一把抓住他的手腕，说："老先生，有什么话还是请到衙门里去说吧！"

进了衙门大堂，年猛就用铁链把乐思慎锁住了。乐思慎大惊，喝道："为何不分青红皂白就把老夫锁了？这是从何说起？"

楚天远看了他一眼，说："你托威武镖局护送的到底是什么镖？"

乐思慎说："唐伯虎的《仕女图》。"

楚天远冷笑一声，说："可那《仕女图》是张赝品，你酷爱收藏古玩字画，竟会看不出来？"说着，把那卷《仕女图》摔到乐思慎面前。乐思慎望了脚下的画一眼，一时无语。

楚天远说："还是我来替你说吧！你托威武镖局的这趟镖是一颗南

海夜明珠，这张《仕女图》只是个幌子。威武镖局的王福是个谨慎的老镖师，他认为最保险的方法就是把夜明珠吞进肚子，神不知鬼不觉到了长沙再把它拉出来。可他万万没想到，他们两人会在卧牛山遇上十几年不见的老虎。老虎把王福吃了，这颗夜明珠就留在了老虎的腹中，所以一到晚上，人们就能看到老虎的嘴巴和鼻孔里射出白光来。"

乐思慎哈哈大笑道："楚大人，你说得真是精彩，可你有什么证据证明这颗夜明珠是我托的镖呢？"

"证据？"楚天远冷笑道，"王福被老虎吃了，你急得不得了，竟亲自组建灭虎队上山，这就让人生疑。再说这只老虎在卧牛山也不是一天两天了，也有人晚上见到过它，却从未见它嘴巴鼻孔里会射出白光，唯独吃了王福后，就开始出现白光了，这不正好说明王福的肚里藏有这颗夜明珠吗？"乐思慎的额头开始冒出大滴的汗珠。

楚天远继续说道："当年你在京城为官，皇宫里失窃了一颗价值连城的南海夜明珠，刑部查了一年也没查出来，那时我正在刑部当差，所以知道这回事。一年后你告病还乡，原来夜明珠在你的手里。"

乐思慎听到这里，一下倒在地上，昏死过去。

事实的确如此，当年皇宫里那颗南海夜明珠就是乐思慎窃走的，他是想把这颗夜明珠送到长沙去。他在长沙的儿子患了严重的眼疾，乐思慎听说，只要把夜明珠放在眼球上来回滚动，无论什么眼疾都能痊愈。

楚天远把乐思慎收监以后，据实向嘉庆皇帝奏报了这件奇案，又呈上从老虎肚里掏出的南海夜明珠。嘉庆皇帝看了奏折，连连称奇，重重嘉奖了楚天远，把他调回京城任职。

（贺清华）

（题图：黄全昌）

将计就计

故事发生在唐太宗年间。这天,边城大名鼎鼎的扬威镖局来了一个托镖人,此人扁鼻梁,眼睛小而深,自称赫连勃机,是个贩牛走羊的外族人。此时外族虽时时虎视中原,但双方尚未正式宣战,所以民间仍有生意往来。

听说有客户上门,当家镖头周一通迎了出来。见了面,赫连勃机小心翼翼地从怀里掏出一个包裹,打开,是一件袈裟,金光闪闪,一看就非普通之物。

赫连勃机说:"这袈裟是前隋高僧无相大师的遗物,由于某种机缘巧合被我得到,现在我想请周镖头把袈裟送到高昌城,那儿自有人接镖。

镖金不论多少，尽请开口，五百两够不够？"

有生意上门，镖金又如此之高，按理应该高兴才是，谁知周一通却面露为难之色。赫连勃机见状，忙说道："周镖头，我知道往高昌的路上山深林密，多有盗贼出没，而且近日贵我双方交恶，不少人见了我这长相莫不切齿痛恨，故此我才重金相托。说实话，我是怕沿途盗贼骚扰，莫非周老英雄也怕？当今江湖豪杰说起扬威镖局无不交口相赞，想必你们不会是徒有虚名吧？"

周镖头被对方用话一激，情绪就有些激昂，说："你误会了，周某闯荡江湖数十载，又曾怕过谁？怕死就不吃这碗硬饭了。你这镖，我接定了！"赫连勃机见周镖头接了镖，拱了拱手便告辞了。

看着赫连勃机渐渐走远，周镖头忍不住大声咳嗽起来，只咳得气若游丝，让人听着生怕他一口气接不上来。原来，周镖头隐伏多年的哮喘病最近发作，甭说上马杀敌，就是筷子拿在手中也有些不稳。刚才他是勉强接了镖，现在倒有点懊悔意气用事了。

这时，从镖局大门外急急走进一个文弱书生来。谁？周镖头的三儿子周文彰。

说起这个文彰，真真是个文人胚子，不但不像他那两个爱耍枪弄棒的哥哥，而且对习武一事一点兴趣也没有。文彰见了父亲，开门见山地说："爹，您怎么接下赫连勃机的镖了？看您这身体，怎能颠沛得起啊！"

周镖头仰天长叹道："要是我不接这镖，那咱扬威镖局可就声名扫地了，以后谁还送生意给咱们做？唉，要是你那两个哥哥有一人在身边，又怎会轮到我这老夫？乱世之中，百无一用是书生啊！"说罢，又重重咳嗽起来。

原来文彰的两个哥哥前两年都应征戍边去了，此刻，文彰听爹这一声长叹，脸顿时就红了，低头想了想，说："爹不必叹气，就让小儿替爹走这趟镖吧！"

周镖头停住了咳嗽："三儿，难为你这份孝心，可你一个文弱书生去走镖，岂不是羊入虎口？我虽说有病，但俗话说'猛虎老了，雄风还在'，凭咱这名号，想必江湖朋友还是会给面子的。"

谁知周镖头这番话刚说完，文彰竟一伸手从兵器架上抽出一把刀来，一翻腕子架在自个儿的脖子上，说："做儿子的不能为父分忧，那还不如死了算了。爹要是不答应，小儿就无脸活在世上了。"

周镖头知道这个老三尽管手无缚鸡之力，可一使起性子来，十八条牛都拉不回来，于是只得点头道："也罢，你就替爹跑一趟吧，我多派些镖师送你……"

文彰摇摇头："爹，树大招风，人多误事，我只要一匹老马足矣。爹尽管放心，我一定走好这趟镖！"周镖头见拗不过，只得答应了下来。

几天之后，边城崇山峻岭间走着一个和尚和一匹老马，老马背上一左一右驮着两只大大的书篓，不用说，那和尚就是文彰了。文彰见赫连勃机托的镖是袈裟，便灵机一动，索性剃了头发佯装僧人。果然不出所料，一路上尽管遭遇了不少强人，但见行者是个僧人，也就没有怎么为难他。

眼看一路走来，翻过大山就是最后一站高昌城了，文彰不由高兴起来。正得意间，忽听得林子中响起一声尖利的唿哨，随即旋风般冲出十几匹马来，马上之人舞刀弄棒，杀气腾腾。

他们冲到文彰面前，一看是个和尚，不由直吐唾沫，连声骂道："晦气，晦气，守了半天却是个秃驴！哼，还不快走！"

文彰大概是吓坏了，两腿打战，一听叫他快走，哆哆嗦嗦就抬起了腿。谁知刚走了几步，身后便传来一声断喝："站住！"

文彰听了,腿肚子又是一软。只见一个头领模样的强人策马来到文彰跟前,把他上下打量了一番,问道:"我说和尚,你打哪儿来?到哪儿去?这书箧里装的又是什么?"

文彰双手合十,答道:"我是个云游僧人,从来处来,到去处去,既是书箧,装的自然是经书了。"

那头领嘿嘿一笑:"既是云游僧人,当饱受风餐露宿之苦,又为何如此细皮嫩肉?且经书并不为奇,哪儿的寺庙都有,你却千难万险地一路背着,这又是何故?来人,给我把这书箧打开看看!"文彰心里暗暗叫苦:看来碰到对手了。

几个强人应声上来,挥刀唰唰几下将书箧劈开,逐卷搜寻起来,果然在一本经书封套里搜出了一尊小金佛。那头领得意极了,揣了金佛说:"要不是看你是个和尚,早就一刀两断了!"说罢,打了一声唿哨,领着强人们绝尘而去。

文彰心中暗喜,表面上却装出一脸沮丧的样子,继续赶马上路。

进了高昌城,文彰按事先所约找到接镖者,对方也是一个深目扁鼻的外族人。那外族人见送镖的是个和尚,一脸狐疑地问:"袈裟呢?"文彰不急不忙地把自己身上又脏又破的袈裟脱下,拿柄小刀挑了针线,拆开。哇,绝了!托镖的袈裟居然就缝在破袈裟中。

交了镖,文彰如释重负,打道回府。

不一日,文彰赶回了边城。刚刚走进镖局大门,就听到有人在院子里暴跳如雷:"周镖头,你好大胆,竟把我托镖之事让你三公子去办。你那三公子,谁不知他只是个文弱书生?若袈裟落入强人之手,我饶不了你!"

文彰一看,这个大吼大叫的人正是赫连勃机,再看老父,垂着头一言不发，一副理亏的样子。他大喊一声："爹，我回来了！"说着，就递上接镖人的回押。

那赫连勃机一见回押，高兴得一蹦三尺高，大笑道："好极了，好极了，这回大事成了……不不不，这回那袈裟可送到了。周老英雄，刚才我言重了，抱歉得很！"

周镖头站起身来，见文彰面容虽疲惫，但眉宇间却藏不住勃勃英气，心中大喜，鼻子里却冷哼一声："我说三儿，我那金佛是不是被你拿去了？"

文彰点头道："爹，我是故意带在身边的，不让强人得到东西，反而会坏大事的。"

赫连勃机在一边连连点头赞道："三公子真是好计谋！"

周镖头却依旧冷若冰霜："可是三儿，你算过没有，咱家走这趟镖划什么算啊？拿一尊金佛换五百两银子，都亏到姥姥家了！"

"不！"文彰却连连摇头，"爹，我让咱边城乃至大唐免去了一场灭顶之灾，您说这划算不划算？"

一言既出，周镖头和赫连勃机都愣住了。却见文彰摇头晃脑地说："爹，乱世之中，一个来历不明的外族牛羊贩子，出重金托咱们押送一件同样说不上来历的袈裟，您不觉得很可疑吗？"

文彰话音未落，赫连勃机的脸顿时变了色。

周镖头沉吟着问儿子："听你这么一说，倒真有些可疑，那又是为的什么呢？"

文彰道："如今敌我双方交恶，一场大战不可避免，此时一字千金者莫过于军情，所以我思来想去，断定这袈裟中有诈。我一夜未眠，仔细寻找，终于发现在袈裟边缝有一处针脚不同寻常，便暗请织工小心挑开，一看，里面竟藏有我朝大军的布防图以及约定攻城的具体日期。

一番深思后，我就来他个将计就计，将布防图和攻城日期全部改了，再按原样缝好……可以断定，那接镖者肯定和眼前这位一样，都是外族的奸细……"

文彰正说着，只见赫连勃机大叫一声，拔刀就朝周家父子挥来，却又突然跌倒在地，动弹不得。原来是周镖头用一指神功点了他的穴，制住了他。

周镖头抱住儿子瘦弱的双肩，银须飘飘，两眼放光："三儿，想不到你如此有谋，只是为什么不事先告诉爹一声？"

文彰笑了："我告诉了爹，爹能让我去吗？况且，这是军机大事，万一爹性急如雷给泄露出去，不就坏大事了？爹，咱爷儿俩现在押了这家伙去军营报告，一场大捷看来是唾手而得的了！"

周镖头乐得哈哈大笑："想不到光宗耀祖的，竟是你这个文弱三儿。嘿嘿，谁说百无一用是书生，一智可当万人敌哩！"

(徐树建)

(题图：黄全昌)

岳王庙疑案

清初之际,京城附近的平远县来了个好县令,这个县令为人正直机警,将平远治理得井井有条,欣欣向荣。

这天,县令正在家里吃午饭,突然有捕头急匆匆地来报,说城东岳王庙里发现一具尸体!县令一惊,赶紧放下碗筷,随捕头疾走而去。

一帮人来到这个废弃的庙里,歪斜的匾额上依稀可见"岳王庙"三字,庙堂正中立着一座威武的雕像,而死者正侧卧在雕像前方一根柱子旁边,一把利刃直入心脏。

县令小心翼翼地翻过尸体,仔细查看后,不由心中一颤,死者正是八旗子弟纳兰德!此人常混迹于京城,名声素来不好,是个纨绔子弟,但何故惨死于此呢?

县令深知此案压力颇大,先不论人命案在平远县发生率极低,单是纳兰德的家世便足以让他穷于应付。县令先命手下人不要声张,再让众衙役在周围搜捕可疑人物。

正当县令眉头紧锁之际,一个和尚径直走了进来,和尚一见地上的尸体,害怕得颤抖起来。

经过一番盘问,和尚说他自幼出家,法号元虚,于兵荒马乱之际隐居在此庙,并在庙后种了一些蔬菜,平时早上外出化缘,中午便回来煮菜烧饭,没想到今日碰到了这个场面。

县令到庙后实地查看了和尚种的蔬菜,除了青菜和韭菜之外还有一些葱蒜,看来和尚所言非虚,但刚才和尚脸上那无法掩饰的慌乱神色,让县令仍隐隐感到疑惑。

正在此时,庙外传来一阵喧哗声,两个衙役带着一个中年汉子走了进来。一见此人,和尚显得更加慌乱了,县令看在眼里,面不改色地走了过去。

这个中年汉子说他叫陈三。当时,衙役在周围搜索可疑人物,发现陈三在一旁鬼鬼祟祟,盘查他时又吞吞吐吐,便把这个可疑人物带来给县令大人问话。

县令见陈三面露惧色,一副欲言又止的模样,遂将左右人等一律遣到庙外,然后对陈三说道:"现在只有你我二人,你不用害怕,知道什么情况尽管一一道来,本官为你做主!"

陈三吐出一口气,神色仍有点慌乱,他断断续续地答道:"禀报大人,小人曾亲眼目睹凶案发生的经过!"

县令忙问详情，陈三道："小人昨晚喝醉了，就地睡在了此庙的角落里，今晨卯时被人吵醒，这个人正是被害的纳兰德公子。当时他跪拜在岳王像前，口中念叨着一些保佑祈福之类的话，突然，门外悄悄潜进一个蒙面人，趁其不备，一刀捅在了纳兰德公子的胸口上……"

县令马上问道："你可看清来人面目？"

陈三欲言又止，在县令追问之下，他才支吾道："凶手蒙着面，但小人却记得那人头顶是光的！"

陈三想了想又说道："住在此庙的元虚和尚，其实以前跟我是同乡，他还有个相好的，但在三年前却被一个有钱人买去做小妾，之后他才出了家，那个有钱人正是纳兰德公子！"

县令恍然大悟："照你的意思，凶手就是元虚？"

陈三忙道："大人明鉴，小人只是据实以报，不敢枉自下定论。小人当时由于害怕跑了回去，之后静下来想了想，确实对这个元虚和尚起了疑心，因此现在特地赶过来看看能不能帮得上忙，还请大人恕小人知情不报之罪！"

县令立刻令捕头将元虚和尚带上来对质，不料元虚和尚矢口否认自己认识陈三，并且坚称自己自幼出家，然后便口念经文，不再回话。

这时，县令的一名家丁找了过来，说知府大人要见县令，于是县令命人把元虚和尚等人先押回县衙，他自己则赶去知府家里了。

这个知府大人跟县令私下是很好的朋友，这次如此急着找县令前来，是要告诉他京城那边刚刚下达的命令：尽快修复因为战乱而荒废的庙宇。

知府见县令心不在焉，便正色道："此事朝廷极为重视，务必尽快实施，另外但凡岳王庙者皆更新为关帝庙！"

县令听到岳王庙三字，心里不由一紧，旋即问道："为何要更新为关帝庙？这一带的百姓历来都是拜岳王的，很少有拜关公的啊！"

知府摆摆手说："上头交代的，我们照做就是，不论岳王还是关帝，不都是英雄豪杰吗！"说完，便从丫环的手中小心翼翼接过一碗素面。

县令好奇地问道："大人如此小心却是为何？这碗面看起来也不是什么山珍海味，而且清淡得连颗葱都没有。"

知府听罢哈哈笑道："这你就不懂了吧！这可是家母的斋饭，须我亲自给她老人家送去。葱可是五熏之首，拜佛的人怎么能吃那东西呢！"

县令一听大惊，立刻想到元虚和尚种的那些葱蒜，如果元虚真是自幼出家，怎会不知此戒？

县令立刻向知府请辞，急忙赶回了县衙。县令回到衙门，提审了元虚和尚。

在县令厉声质问下，元虚和尚承认自己撒了谎，他不但认识陈三，也确实因为心上人被纳兰德抢走而出了家，但元虚和尚坚持说自己没有杀害纳兰德，当初撒谎也是因为怕别人联想到他与死者的恩怨，而被误认为凶手。

如此一来，审讯无法进展下去，县令便先将元虚和尚暂时收押。

这天夜深人静时，县令仍在一堆典籍中翻阅，突然，他"啪"的一声，将手掌重重地拍在书上，信心十足地喊道："升堂！"

烛火通明的大堂正中，提审的人不是元虚和尚，却是陈三！县令重击惊堂木："陈三，你可知罪？"

堂下陈三心虚地说道："小人不知……"

县令厉声打断了陈三的话："当时你说纳兰德面向岳王像跪拜时，被一蒙面人从后面偷袭致死，是不是？"

陈三眼珠晃悠不止,显然不知道自己哪里出了纰漏,更不敢轻易作答。

"倘若如此,"县令接着道,"凶手既存杀人之心又不知你在一旁窥视,为何只蒙住脸,却不蒙住光头?既然是从背后偷袭,为何不从背后入刀,反而从前胸下手,这又是何道理?"

陈三仍想狡辩,县令喝令用刑,陈三害怕了,只得招供:原来,陈三是个小偷,那天深夜,他正巧看见一身锦衣的纳兰德招摇而过,知道此人必定钱财不少,趁着没人,便准备下手,哪知刚把钱袋偷到手,却被纳兰德发现,大声呼叫。陈三情急之中杀了纳兰德,然后将尸体背到岳王庙,想嫁祸给元虚和尚,后来陈三又故意在庙附近出现,让官府发现,从而达到诬陷的目的!

县令虽然成功地破了此案,但捕头和众衙役都不太服,因为县令这次断案似乎有点蛮不讲理,他推断陈三是真凶欠缺过硬的理由。

县令也知道自己这次做得不能让大家心服口服,但他只是摇头苦笑,他怎么能在公堂上将真正的理由提出来呢:如今的朝廷,对岳王庙是有所忌讳的,所以才秘密地将关公搬上了庙堂,而身为八旗子弟的纳兰德根本不可能到岳王庙来跪拜,陈三说的话就不攻自破了。

(暗 刃)
(题图:黄全昌)

鹦鹉谜案

这天,狄仁杰正在县衙批阅公文,突然参军洪亮来报,说城郊一郑氏人家发生命案,死者郑百公的胞弟郑百顺前来报案。狄公放下笔,长叹一声,说:"备轿!"

狄公一行人由郑百顺带路来到郑家。此时,郑家已是哭声一片,见狄仁杰到来,公子郑云"扑通"一声跪在地上,让狄公为其父伸冤。

狄公将郑云搀起,命他带路去案发现场,郑云带领狄公来到后院一书房中。死者郑百公的尸体还未被搬动。郑云道:"大人,我父亲就死在这书斋之中,凶手太残忍了!"说着,用手指了指父亲的额头。

狄公一眼就看到，郑百公的额头上钉着一根竹签，已没入太阳穴大半。狄公探手轻轻把竹签拔下，只见竹签上有一血槽，看来凶手是做过精心设计的。

狄公上下左右打量书房，希望能发现蛛丝马迹。书房不大，很整洁，门窗紧闭，看不出有人进入的痕迹。墙壁上挂着山水画，都是些名家笔墨。让人奇怪的是，有些笔墨竟是失传多年的珍品，但已落上一层浮尘。狄公踱步来到山水画前，用手帕拭了一下灰尘，然后隔着手帕撩起来细看，接着，他推了推墙壁，发现这是个封闭性很好的房间。

突然，狄公的眼睛落在门上，只见那门上竟有新生的破损，虽然不是很严重，但新痕明显，便叫过郑云细加盘问。郑云回道："这是小人弄破的，昨夜我忽听父亲在书房一声惨叫，心下大惊，便赶了过来。可父亲已把房门上了闩，小人只好用刀把门拨开，故而留下伤痕。"狄公点点头。

这时，只见一位老妇人进来，原来是郑百公的夫人郭氏。郭氏看上去十分刚烈，虽有悲声却不见悲色。

狄公便问："郑老先生生前可曾与人结怨？"

郭氏指了指郑百公的腿，道："我夫年轻时就是个残疾，终年把自己关在屋里研习字画，从不出门，何来冤家？"

狄公定睛一看，果然看见郑百公只有一条腿，旁边还立一拐杖。狄公又问郑云平时为人如何，郭氏把儿子好一顿夸奖。狄公见问不出什么重要线索，便命人把尸体再做仔细勘验，以免出现纰漏，然后吩咐把尸体抬走，入土为安。

狄公离开死者书斋，刚走到门口，只听远处传来一阵奇怪的声音，侧耳细听，才听出是一只鹦鹉，口中叫着让人琢磨不透的"么二三"。

狄公觉得好笑，郑云上来解释道："大人有所不知，小人平时爱与家人玩赌，可手气极差，掷骰子时总是幺二三，气得我把这几个字挂在了嘴边，谁知让这畜生竟学去了。"

狄公觉得甚是好笑，摇摇头，走了。

回到县衙，已是傍晚时分。狄公久久不能平静，他一时还想不通凶手是如何进入死者书斋的。他从袋中掏出手帕嗅了嗅，陷入沉思之中。

第二日一大早，狄公还在想着郑百公的死因。这时，洪参军进来，兴冲冲地说："老爷，街上正在演杂耍，要不要去看看？正好放松一下心情，说不定还有意外收获呢。"

狄公摆了摆手，让洪参军一个人去看。洪参军走后，狄公又拿出了那个杀死郑百公的凶器——血槽竹签。观看多时，狄公忽然眼前一亮。联系郑家人的奇怪表现，狄公突然若有所悟，再去叫洪亮，人早已去看杂耍了。

狄公带上衙役直奔郑家，刚好路过演杂耍的场地，只见洪亮把脖子伸得老长，像只公鹅似的往场子里看呢。狄公上去拍拍他的肩膀，洪亮才恋恋不舍地跟狄公而去，一路走一路向衙役讲着鹦鹉衔牌的表演。

到得郑家，狄公刚下轿，谁知他心思过于专注，竟跌了一跤。衙役也不敢笑，只有洪亮还算聪明，赶紧把狄公扶起。狄公自我解嘲道："看来我真是老了。"

说着，几人已进了郑家院子。郑云见狄公来了，马上追问凶案的进展。狄公并未直陈，而是道："不如先带本官到令尊书斋，我们边品茶边说如何？"

郑云不敢怠慢，赶紧带路来到郑百公的书斋。除了郑百公的尸体已被搬走外，室内陈设没有任何变化。狄公却一反常态地坐在郑百公死时的位置，把眼睛闭上，想象着凶手杀人时的一幕：郑百公正在读书，此时有一暗器从左侧飞来，不偏不倚，正刺入郑百公的太阳穴，令其当场毙命。

突然，狄公激灵一下，仿佛自己的太阳穴被刺中了，睁开眼睛，见在左边不远的棚上悬垂一个挂鸟笼的钩子。

郑云看了狄公半晌，不知他在搞什么名堂。狄公则直盯着郑云的眼睛，盯得郑云一阵阵头皮发麻，半晌，狄公才道："凶手查到了，就是贵宅养的鹦鹉。"

郑云不敢相信，就说："大人，都说你断案如神，可说鹦鹉杀人也太离谱了吧？"

狄公点点头道："就是这个畜生。畜生这东西最好不要养，养不好是会杀人的。"

别说郑云想不通，就连跟来的洪参军也惊愕不已，心想老爷年纪真是大了。

狄公看了看洪亮，问："你刚才做什么去了？"

洪参军吓了一跳，心说老爷要惩治我也不用在这里呀，便回道："老爷，我出去看杂耍，可是已得到您的同意了。"

狄公见洪亮误会了自己，便道："我是问你看杂耍时都看到了什么？"

洪参军这才放下心来，便兴味盎然地把鹦鹉衔牌的表演说了一遍。

狄公道："鹦鹉这东西是能杀人的。有这么一个人，他训练了一只鹦鹉，但不是训练它凭气味衔纸牌，而是教授它口令，让它操纵一个机关。待时机成熟时，那人念出口令，比如念'幺二三'，那鹦鹉听到口令便会开动机关，机关便会射出暗器，比如带血槽的竹签，让目标当即毙命。"

狄公不缓不急地说着，那边早吓坏了的郑云，不知不觉中已将身体沉了下去。洪参军跟随狄公多年，一眼便看出端倪，大喝一声，让郑云主动伏法。郑云本来就做贼心虚，这下全都招认了，只是不明白狄公是如何看出来的。

狄公说道："那杀人的竹签本是暗器，必有人操纵才能发出。可整个书房封闭很严，没有人进出的痕迹，因此本官猜测，机关当在室内。至于是谁操纵的，一时还想不明白。正当我离开室内时，忽听到鹦鹉奇怪的叫声，郑云说是他好赌，总出幺二三，自己无意说出才被鹦鹉学去的。可我已问过老夫人，他说郑云从不与家人赌博，这只能说明郑云在撒谎。当我听洪亮要去看杂耍时受到启发，原来鹦鹉这东西是能训练的，能让它从一叠纸牌中寻出一张来，也当然能让它操纵一个精心设计的机关了。于是，我第二次来到了郑家，下轿时却意外拾到一个精致的水槽。这个水槽正是发射竹签的机关。"

狄公说完，把水槽拿了出来，果然暗藏玄机，看得众人一阵阵吃惊。洪参军这才明白，原来老爷刚才是故意跌了一跤，并非是年岁大了。

这时，只听得屋外一声悲号："狄大人，人是我杀的，不关我儿子的事。"

狄公一惊，原来是郑百公的夫人郭氏。狄公微微一笑言道："老夫人，想必你也是有冤屈的，何不当面道来？"

老夫人跪在地上，边哭边诉。

原来，郑百公年轻时是一个土匪。那年，郭氏一家人经过一片山林，被郑百公劫掠。郑百公不但抢了货物，还杀了郭氏的丈夫，并把郭氏霸占。

此时，郭氏已有孕在身，为了孩子她只能忍辱负重，苟且偷生。有一年郑百公与同道火并，被打断了腿，已不能再独自支撑山林，便逃之夭夭来到此地。为了不让人怀疑，他装作画商，经常出售一些早期抢来的字画以掩人耳目。等郑云长大懂事后,郭氏才把一家的遭遇告诉了儿子,哪知儿子为父报仇心切,竟想此下策,铸成大错。

狄公听完也不禁潸然泪下,那边的洪参军更是见不得这种冤屈,让狄公法外开恩,放了这对苦命的母子。

狄公摇摇头,道:"法外开恩的事在我这里是通不过的,不过你母子两人都是无罪之人。"

众人心下甚是不解,不知狄公意有何指。难道说真凶另有其人?

狄公道:"其实在郑云让鹦鹉操纵机关之前,郑百公已经气绝身亡了。真凶另有其人。"

一旁的洪参军不解地问:"老爷,你是如何断定暗杀之前郑百公已死了呢?"

狄公拿起血槽竹签,说道:"这是郑云特制的竹签,上面带有血槽,为的是让郑百公快些死去。可在勘验现场并没发现血迹,可见并未有血液从血槽中流出,这说明,郑百公已在郑云动手前死了。那他又是如何被杀的呢?我注意到了书房中的那些字画,从表面看,上面好像是布满了灰尘,其实不然,那是砒霜。那些名人字画价值连城,郑百公虽是土匪可也知道那是值钱的东西,便放在箱底。可是年头久了会潮的,他便拿出来在室内晾晒。就在此间,有人偷偷在画上涂了一层砒霜,而郑百公正是在收画时触到了砒霜。他用手翻画,手是要沾唾液的,这样自然难以活命。郑百公死去多时,郑云正好经过此地,透过门缝看到郑百公伏在案上,以为机会难得,便在门外念着口令'幺二三',那只鹦鹉听到口令猛啄水槽中的浮子,触动了机关,给死去的郑百公补了一刀。而后,郑云打算把鸟笼和水槽全都烧毁,却被真凶利用,真凶又偷偷把水槽从火中取回,故意丢在门口让我捡到。"

狄公说着一指水槽，果然上面有被烧过的痕迹。

听完狄公一番细述，众人都想知道真凶到底是谁。狄公缓缓将身子转过，正好看到当初的报案者郑百顺，狄公一声断喝："郑百顺，你可知罪？"

一旁的郑百顺吓得浑身发抖，但很快便恢复平静，不无嘲笑地言道："狄大人，要说是鹦鹉杀人是被人利用了，还说得过去，要说是我杀人，杀的还是我的亲胞兄，未免有些荒唐吧？你可要拿出充足的证据来。"

狄公爽朗地一笑，道："当然有证据，还是那只鹦鹉告诉本官的。昨日，我走出郑百公书斋时，忽然听到鹦鹉的叫声，但只有最后一句的'幺二三'是鹦鹉说的，前几句皆是你的引诱之词。如果本官连人声、鸟声都分辨不清，那才是老糊涂了。其实郑云训练鹦鹉的事你早已知晓，但鹦鹉杀人是需要条件的，即那个人必须很少活动，否则命中率极低。于是，你乘郑百公晒画之机在上面涂了砒霜，等郑百公死后，你又学他惨叫，将郑云引出。等本官来查案时，你栽赃心切，故而在暗地里引诱鹦鹉说话，好让郑云快些暴露，是不是？"

郑百顺听罢再也无言以对，他的防线彻底崩溃了，不得不招认杀死亲胞兄的经过。原来郑百顺早已看上了兄长的财产，于是想出这个一石二鸟之计，杀了郑百公，然后再故意栽赃给郑云，如此一来郑家的财产就都是他的了。可法网恢恢，疏而不漏，郑百顺最终被戴上了枷锁。

至此，案情真相大白。狄公一行返回县衙时，洪参军看过的杂耍还没结束，这回轮到狄公有兴趣了，非要去看一看不可。只见那只鹦鹉突的一下飞到狄公的帽子上，叫着"清官，清官，清官！"，逗得众人哈哈大笑。

(马凤文)

(题图：刘斌昆)

保险柜里的蚊子

八月的一天，天气十分炎热，市公安局刑侦支队接到报告，说昨天夜里市中心商业大厦发生了一起特大盗窃案，财务室的保险柜被打开，一百二十万元的巨款不翼而飞。案情十分严重，队长命令侦破组刑警毕剑、鲁华立即赶赴现场。

当毕剑、鲁华赶到现场时，现场已被封锁，几个技术民警正在进行现场勘查。看到毕剑和鲁华赶来，分局刑警大队长老杨急忙迎了上来。都是老熟人，简单寒暄两句后，话题就直奔主题。

老杨咂了咂嘴，语气中有些暧昧，似乎是在夸奖盗贼："这小子有两把刷子，活做得很干净！"

毕剑和鲁华相视一笑，能让老杨承认有两把刷子的自然不同凡响。

毕剑笑道:"难道是个神偷?"

老杨习惯性地摸了摸下巴,抬杠似的说:"差不多!我们已经对现场做了勘查,财务室位于商业大厦的第十二层,大厦每层都配有一名保安值班,这倒没有什么稀奇,最主要的是这小子竟打开了财务室的两道防盗门,保险柜的密码和自动报警装置也没有难住他。更让我佩服的是,这小子手脚很利落,竟没有留下什么蛛丝马迹!我们初步进行了排查,内部人员作案的可能性不大,这小子肯定是个老手,开锁手段高超的老手!"

"老手,开锁手段高超……"毕剑和鲁华沉思道,他们相互对视一眼,几乎同时叫起来,"燕子李四!"

老杨道:"我也怀疑是这小子,不过他的胃口能有这么大?"

毕剑若有所思地说:"人是会变的,这小子沉寂了两年,也该出洞了!"接着又说,"老杨,如果我没记错,李四就住在古北三巷6号楼406室,你马上安排人员进行抓捕,同时通知交巡警全市布控,别让他给跑了!"

"好的!"老杨点点头,立即安排人员抓捕李四。

李四原名李思源,因在家排行老四,又称"李四",他自幼习武,练得一身好轻功,脑瓜子好使,手脚也利落。小时候他妈妈一次出门发现忘带钥匙,李四就学着大人的样子用一截铁丝捅锁眼,三捅两捅还真让他给捅开了,从此他就对各种锁具感兴趣,不断摸索,几年后竟没有他打不开的锁。有了这手活儿,李四手就痒,慢慢地竟走上了邪道。因为他功夫好、手段高,道上的狐朋狗友就送了他一个"燕子李四"的绰号,意思是和传说中的燕子李三不相上下。

可是,常在河边走,哪有不湿鞋的?李四很快便成了公安局的"座上客",在局子里挂了号。不过这小子贼精,每次作案最多也只偷一万,被公安局逮到了认栽,逮不到那就赚了,所以尽管被劳改过两次,服刑的时间都不算长。但他那手开锁"神功"还是深深地惊动了办案民警,作为大要案侦破组的老刑警,毕剑、鲁华当然会把他深深印在脑子里。

"我不信这小子敢玩蛇吞象,一百二十万,就不怕卡了他的脖子!"老杨很显然还是不相信李四的胃口有这么大。

"起码他有重大作案嫌疑!"毕剑尽管也不敢肯定,但毕竟不愿放过这条重大线索。

出人意料的是,李四并没有逃,民警赶到时,他正坐在楼前的柳树下看两个人下棋哩。看到警察来了,他拍拍屁股站了起来。

下棋的人见了,开玩笑说:"李四,又进宫了!"

李四眯着眼,不火也不恼,还笑了笑:"我也就是去报个到,过会儿就回来看你们下棋!"说着,乖乖上了车,来到了市局刑警支队。

市局刑警支队的讯问室里,毕剑和鲁华两人已经赶了回来,正默默坐着吸烟,看到李四被带进来,像是没看到一样,一言不发。李四也是老油条了,见毕剑他们不发问,也呆呆地坐在椅子上,一脸无辜的样子。

"知道我们为什么抓你吗?"毕剑丢掉香烟,突然发问道。

"不、不知道,我咋知道呢?"李四满脸堆笑。

"你是不到黄河不死心啊!"毕剑又点上一支烟,对鲁华说,"先给他做个笔录。"

鲁华问道:"你叫什么名字?"

李四嘻嘻一笑,说:"大哥,我们不是都认得吗?"

鲁华喝道:"少废话,我问你叫什么名字?"

李四立即点头哈腰:"李四,李四,他们都叫我李四!"

"说你的本名!"

"我叫李思源，男，汉族，42岁，现住古北三巷6号楼406室，小学文化。父亲叫李大根……"李四如背家谱。

"我问你什么你回答什么！"鲁华喝道。

"是，是！"李四满脸堆笑，应道。

"我问你，昨天晚上，你干什么去了？"

"昨晚，我先是在楼下和邻居喝茶乘凉，后来回家看电视，再后来就睡觉了！"

"看的什么电视？"鲁华问。

"《大宋提刑官》。"李四答。

"什么内容？"鲁华继续追问。

"呵呵，一个县官，姓什么我忘了，他刑讯逼供，屈打成招，被宋慈宋大人给收监了……"李四说到"收监了"时，眯着眼瞥了鲁华一眼，似乎鲁华就是那个刑讯逼供的县官。

毕剑没有问话，他知道对付像李四这样的老油条，这么简单的问题肯定难不住他，但他也没有阻止鲁华讯问，只是静静地听，想从中找出破绽，揪住狐狸狡猾的尾巴……

夜渐渐深了，鲁华的问话没有什么突破，李四开始瞅墙上的钟。尽管是午夜，天还是很热，远处传来几声闷雷，看样子快下雨了，也许下了雨天就会凉快一些，但此时毕剑的心情却越来越沉重。通过问话，凭一个老刑警的直觉，毕剑知道，李四有恃无恐的样子正好说明他有很深的作案嫌疑……

终于，李四再一次看了看墙上的钟，笑道："大哥，都快夜里一点了，天快下雨了，我阳台上还晾着衣服，你们要是没什么事，我是不是可以回去了？"

回去？毕剑皱了皱眉，他知道在没有有力证据的情况下，公安机关只能放人了，但他没有理会李四，而是对鲁华说："你看着点儿，我出去一下！"毕剑走出讯问室，陷入了沉思。很显然，李四沉寂两年，如果真是他作案，他肯定是有备而来……

外面的天气很湿闷，一团团的蚊子在讯问室门外的灯光下飞舞着，闻到毕剑身上的汗味，嗡嗡飞了过来，一只蚊子轻盈地飞到毕剑的脸上，伸出了吸管。等毕剑感到脸有点痒时，它已吸饱了肚子，正想展翅起飞，不料被毕剑轻轻一挠，竟挠到了手里。

毕剑看着蚊子滚圆的肚皮，轻蔑地笑了笑："只能怪你自己，你太贪吃了！"用指甲轻轻一点，蚊子的肚皮破裂，流出一团鲜红的还没凝固的血来。看着这团血，毕剑的脑子突然灵光一现……

十分钟后，毕剑精神抖擞地走进讯问室，他望了望墙上的钟，又冷冷地看着李四，声音充满了威严："李四，你还没想好吗？我们原本希望你能老实交代，给自己留个机会，可惜你死不悔改，我一定要亮出你的罪证吗？"

"我，我没有罪啊！"李四眨了眨眼，声调中充满了委屈，他不相信毕剑出去一趟能找到什么证据。

"我看你是不见棺材不落泪！"毕剑冷笑一声，"如果我没有记错，你李四第一次被我们抓获，是因为你在现场留下了指纹；第二次被抓获，是因为你在现场留下了脚印。这一次你自以为干得天衣无缝，没有留下痕迹，可惜啊，百密一疏，你还是留下了罪证！"

李四"嘿嘿"一笑："毕警官，我不知道你是什么意思。"

毕剑戴着白手套从衣兜里拿出一个塑料袋来，走到李四跟前，"你看一看这里面是什么？"

李四睁大眼睛，塑料袋里竟装着一只蚊子的尸体，蚊子的肚皮破了，流出一团黑红的血。

"这，这是一只蚊子……"李四嗫嚅道，目光中充满了疑惑。

"不，这是你的罪证！"毕剑厉声道，"我们为什么要和你兜圈子，是因为我们在等时间，现在可以告诉你，我们是在做血液的DNA鉴定。通过鉴定，我们已经证实这具蚊子尸体里的血液和你以往留下的DNA样本完全吻合，而这只蚊子的尸体是我们在商业大厦财务室的保险柜里发现的！现在你是不是该给我解释一下，你的血液为何会留在商业大厦的保险柜里？"

说到这里，毕剑缓了缓，轻蔑地笑道："你不会告诉我，是蚊子吸了你的血，又飞过财务室两道防盗门，钻到密不透风的保险柜里吧？"

"这不可能！"李四叫出了声。

"不可能？"毕剑不容李四喘息，步步紧逼道，"当你一心一意打开财务室保险柜的防盗门时，这只蚊子却把你当成了猎物，它飞到你的脸上，美美地吸满了一肚子的血。只是你被眼前大量的现金迷住了眼，并不在意一只蚊子的侵袭，但你的身体却下意识做出了反应，你一抬手，拍死了这只蚊子，蚊子的尸体就留在了你的手上，当你搬取现金时，蚊子的尸体又刚好遗落在保险柜里，而我们正是在保险柜里找到了它！"

李四听得目瞪口呆。该死的蚊子！

半响，李四才清醒过来，就像泄了气的皮球，一下子瘫了下来。他万万没想到，自己策划了两年的行动，却被一只蚊子给"咬"砸了，现在他只怪自己太贪婪，没有把握每次最多只偷一万元的原则，一百二十万会判多少年啊？

李四终于崩溃了，他承认案子就是他做的，并且他十分狡猾，竟把所有的钱都藏到了商业大厦财务室旁边房间的天花板上,企图等事件平息后再取走……

"毕剑,你这家伙太棒了!"第二天,老杨听了鲁华详细介绍破案经过,马上给毕剑打来电话,"我把现场勘查的那帮小子统统臭骂了一顿,现场勘查太不仔细了,保险柜里那么大的蚊子竟没发现!"

"什么呀,你也损我!"毕剑笑了笑,"老杨,这可是帮你破的案,你要请客,那蚊子可吸了我不少的血啊!"

(于永军)
(题图:谭海彦)

跟船主过招

闵滕州是个做煤炭生意的商人。这次，他又订了一千吨煤的购销合同，对方把价钱压得很低，如果还是像往常那样用火车运，不但挣不了钱，只怕还得贴本，于是，他决定改用船运，把运费省出来。

闵滕州不熟悉船运，便带着一位姓张的朋友来到胡家码头找船。码头上一片繁忙，好多船都在忙着装卸，只有一艘一千多吨位的大船停在河汊，显得很冷清。闵滕州正要上前去问，老张连忙拉住他，说："那人的船不能租。"闵滕州忙问为什么，老张就拉开了话匣子。

原来，那条船的船主叫刁德喜，遇事爱使个心眼儿、算计人，码头上的人都叫他"刁德一"，用他的船走货，十有八九要亏吨数，但又查不出他动的手脚。因为货主怎样封的仓、怎样打的签，交付时都维持着原样，让货主无话可说。去年，老张用刁德喜的船走了一千吨的货，足额足吨上的船，可交到货主手里时，硬是给亏了五十吨。说起来，老张跟刁德喜还是远亲，刁德喜得管老张叫表舅，却照样少吨数，还让老张说不出二话。

闵滕州问老张："你怎么没安排个押船的？"

老张说："安排了，押船的还是我亲侄子呢！可他刁德喜只要想偷你的煤，你就是有十个押船的，他一样把他们打发了，照样得手！"

闵滕州点点头，对老张说："就冲他这名声，我这回就用他的船了！我倒要看看，他能怎么亏了我的吨数！"

老张摇摇头，苦笑一声，带着闵滕州去见了刁德喜。这刁德喜四十来岁的样子，个子高高的，一看就是个精明人。他一听说闵滕州想租他的船走货，便说："租我的船当然好，可你就不怕我少你的货吗？"

闵滕州没想到他这么开门见山，就说："我听人说过，你经常少货主的货。"

刁德喜一听，眼睛发了亮："你知道了还敢租我的船？"

闵滕州像没那回事似的笑了笑，说："因为你不会少我的货。"

"为什么？"

"因为我有办法，让所有偷吃我东西的船主把货吐出来！"

刁德喜哈哈大笑，说："闵老板，就冲你这话，这趟货我走了！"

这批煤炭从矿上提出来，装车过磅，运到码头，再装上船，每个环节闵滕州都一直跟着。煤全部装上船后，闵滕州拿个保险箱放在船上，封仓时，他让刁德喜离开一会儿，刁德喜知趣地走了。

闵滕州围着货舱转了一圈，做好了机关，封完仓，打上封签，这才拿着个盒子，对刁德喜说："老刁，一千吨货的提货单你也看到了，这是进入码头的过榜单,我交给你的是足斤足两的一千吨。到了南边交完货,如果交货单上也是一千吨,就说明我的货没有亏吨数。"

刁德喜说:"你亲自封的仓、打的签,只要你的封没动,签没破,你说亏吨数,我不承认!"

闵滕州一笑,指了指手中的盒子,把盒子放进保险柜里,说:"到底亏没亏吨数,到时候,这盒子里的东西说了算!"

刁德喜说:"好,只要你有证据,你亏多少,我赔多少!"

接着,刁德喜问:"怎么押船的还没上来?"

闵滕州大手一挥,说:"我不用押船的,就把这一千吨货交给你老刁,我倒要看看你怎么给我亏吨数!"

当天下午船就开了,到晚上下起了雨,断断续续下了好几天,这中间,闵滕州只打了一个电话,问刁德喜情况怎么样,刁德喜说一路正常。半个月后,船到达目的地,闵滕州已经在码头等着了。

刁德喜带着闵滕州上船,指着船舱完好无损的封签,说:"封签好好的,吨数不会少!"

闵滕州围着开了封签的船舱走了一圈,回头就对刁德喜说:"这船货肯定亏了吨数!"

刁德喜连连摇头:"封签好好的,怎么会亏吨数?"

闵滕州晃了晃手中的盒子,说:"它告诉我的。"

接着,闵滕州围着舱里的煤堆,给刁德喜指出是在哪几个地方少了,说得刁德喜眼都直了:"你怎么知道得这么详细?这盒子到底装的什么宝贝?"

闵滕州指了指煤堆上长着的一种小植物,问:"你认识这个吗?"

刁德喜说:"这谁不认识?小油菜苗嘛。"

闵滕州一听就笑了,给刁德喜打开手里的盒子,刁德喜一看,原来里面装的全是油菜籽。这下他全明白了:原来在封仓的时候,闵滕州把这些油菜籽偷偷撒在煤堆表面上,船从胡家码头到终点站走了半个多月,这半个多月里,油菜籽在煤堆上发了芽,长成了油菜苗。有没有偷煤,看看油菜苗长得齐不齐就知道了。

这一来,刁德喜没话说了,乖乖地给闵滕州补了亏吨数的钱。

没过多久,闵滕州又在宁波订了份煤合同,忙给刁德喜打电话,刁德喜的船正好回到胡家码头,一听闵滕州要用,一连声地说行。

闵滕州还像上次那样把煤运到码头,装上船,封仓时,闵滕州又让刁德喜离开一会儿。回来的时候,刁德喜看了看闵滕州手中的盒子,笑了一下,问:"可以封仓了吗?"

闵滕州说:"老刁,上次亏了吨数,这次,我不希望再亏了!"

刁德喜又笑笑,说:"有了上一次,我还敢吗?"

封仓时,闵滕州看到刁德喜偷偷抓了一把煤,放到了口袋里。

闵滕州把盒子当着刁德喜的面放进保险柜,又问:"老刁,这次要是再亏吨,你说怎么办?"

刁德喜说:"要是再亏吨,我不光赔亏吨的钱,还不要运费!"

闵滕州说:"那好,口说无凭,咱们立个字据吧!"

两个人找了码头上的几个熟人作为中间人,立好字据。到了下午,刁德喜的船就走了。

半个月后,船到了宁波港,闵滕州上了船,问刁德喜怎么样,刁德喜说:"你就放心好了,这次我没搞小动作,绝对不亏吨。"接着,两个人打开封签。

掀开帆布棚,闵滕州只看了一眼,就摇摇头,对刁德喜说:"你又搞小动作了,而且,还不止一个地方。"

闵滕州把刁德喜偷过煤的地方一一指出来,刁德喜的脸当时就长了,说:"你怎么知道的?又是油菜苗告诉你的?"

闵滕州说:"是的,是油菜苗告诉我的!"

接着,闵滕州从保险柜拿出盒子,说:"我知道你抓了把煤放到口袋里,你一定清楚我这次做暗记还是用的油菜籽。"

刁德喜点点头。

闵滕州又说:"可你没想到,我这次用的是炒熟的油菜籽,不能出芽。而你偷卸完煤后,肯定会补上油菜籽,那些油菜籽会出芽,也就是说,煤堆上只要是长着油菜苗的地方,都是你动过的。"

刁德喜后悔得不停地摇头,说:"我怎么就没想到这一点呢!"当然了,这次亏的吨数他又给闵滕州如数补上了。不过,闵滕州没有穷追猛打,还是把运费如数给了刁德喜。

没过多久,宁波的客户又让闵滕州送一千吨煤去,闵滕州想到的还是刁德喜,一打电话,刁德喜又来劲了,马上应承下来。

闵滕州又在码头见到刁德喜了,刁德喜告诉闵滕州,他是推掉一单生意,来接闵滕州的生意的,话里的意思很明确,给闵滕州运煤,他感觉有意思;还有一层意思,闵滕州也明白,刁德喜连输两次,他不甘心!

还是和前两次一样,煤炭装好要封仓的时候,刁德喜很知趣地自己走开了,闵滕州却叫住刁德喜,当着他的面,把种子撒在煤堆上。刁德喜也不客气,直接从煤堆上抓起一把煤,拣出里面的种子,用两个拇指盖一挤,看了眼流在拇指盖上的绿汁水,说:"这次你没炒熟嘛!"原来,炒熟的种子一挤,会淌出油来,生的种子淌的就是绿汁水。

封好仓,闵滕州说:"老刁,我最后信你一次。"

刁德喜把胸脯拍得山响,说:"这回你要是能找到亏吨的证据,我愿付双倍亏吨的钱!"

闵滕州一看又斗上了,就说:"还是立个字据吧!"

这次船在路上赶上了大雨,耽搁了几天,二十多天才赶到宁波。刁德喜见了闵滕州,就说:"这次一粒煤也没少你的。"

闵滕州笑笑,说:"现在说,还有些早。"

闵滕州掀开仓,一看煤堆上长着的油菜,就说:"老刁,这次又亏了,亏得还不少!"

刁德喜说:"怎么会呢?你从哪看出的?"

闵滕州说:"还是油菜苗告诉我的。"接着,他把刁德喜偷煤的地方一个个全指了出来。

刁德喜纳闷了:"不对呀,我动过煤的地方都撒上了油菜籽呀!"

闵滕州说:"这次我撒在煤堆上的不光是油菜籽,还有一半是小白菜籽。"闵滕州告诉刁德喜,白菜籽和油菜籽看上去差不多,没种过菜的人根本分辨不出来。但发芽后就不同了,油菜苗发绿,叶片是圆的;白菜苗有些发白,叶片是长的,一下就能看出来!煤堆上如果哪儿只有油菜苗,没有白菜苗,那地方肯定被动过了。

刁德喜懊恼地一拍头,长叹一声,说:"怪不得人们说,从南京到北京,买的没有卖的精。老闵啊,我是彻底服了你了!"

打这之后,刁德喜再也不敢偷货主的货了。

(凡 利)

(题图:魏忠善)

离奇事件

这天夜里9点左右,一辆押运车缓缓驶向银行的后门口,车子刚刚停稳,一个蒙面人突然从路边的小车内蹿出来,用手枪迅速射击,击毙了在车外执勤的两名保安。随后,蒙面人又掏出一把外形奇特的钥匙,一下就打开了车后门门把上的环形锁,这环形锁是另外加上去的,车后门还有智能锁,蒙面人正要继续开锁,突然看见了银行后门口的监控摄像头,于是他回手就是两枪,打落了摄像头……现场的监控录像到这里就结束了。

警官周道接手了这起重大案件,连续几天,他都在放映室里,反复观看着劫案发生时的监控录像。周道从警二十多年来,大大小小的案件侦破了一大堆,但从未碰到过如此蹊跷的案子!

这个劫案的蹊跷之处在于，案发后半分钟，银行执勤人员赶到，他们看到的却是这样的场景：除了倒在地上遇害的两名保安，现场已空无一人；押运车上除了那把环形锁被打开，后车门的智能锁却依旧锁着，等到警方开锁专家赶来，打开智能锁，才看到车里的一名押运员已被匕首刺破胸膛，蜷缩着倒在车里气绝而亡。车厢里满是鲜血，染红了押运员的制服和手套，车内的保险箱也被打开，里面那颗价值300万元的钻石不翼而飞……

周道和同事们一起进行了分析，觉得十分蹊跷：在打坏摄像头后，从解开智能锁、杀死押运员、打开保险箱取走钻石、重新关上后车门的智能锁，到最后驾车逃走，蒙面人完成这一系列的动作竟然只花了半分钟时间，动作的敏捷程度简直令人匪夷所思！

那一天，周道去银行调查，银行工作人员告诉周道：押运车后车门的智能锁和车内的保险箱都配有最先进的设备，智能锁内含10把子锁，1把子锁对应1把特定的钥匙。关上车门后，智能锁会随机锁上其中的1把子锁，除了车内的押运员，其他人根本不知道上的是哪把子锁，即使蒙面人有10把子锁的所有钥匙，尝试着一把把开锁的话，平均也需要2分钟才能找到正确的那把。

周道听了，沉思了很久，又问道："那么，要想打开押运车里的保险箱，需要多少时间呢？"

工作人员十分肯定地说："即便输入正确的密码，保险箱自动确认、解锁，这些程序也必定会超过1分钟。"

这就是说，要打开智能锁和保险箱，最起码也得3分钟以上，蒙面人根本不可能在半分钟的时间里完成这些事情，可现实的情况却是蒙面人只花了半分钟的时间，就轻而易举地盗走了那颗价值300万元的钻石。犯罪嫌疑人设的局使周道陷入了深深的迷惑之中……

案发后的第三天,周道找到了银行安保的负责人尹仁。尹仁是个体型略显矮小的中年男子,当银行安保负责人有十多个年头了。案发时,尹仁正好轮休在家,等他闻讯后赶到现场,正碰上警方的开锁专家庞思佰解开智能锁,看到倒在血泊里的押运员顾兴,尹仁一下就扑到顾兴身边大哭起来。周道知道尹仁和顾兴是多年的同事,显然,顾兴的遇难使他悲伤不已。

三天后,周道来到银行,看到尹仁的神色仍然十分悲伤,心中有点不忍,但案情十万火急,调查还得进行,于是便问道:"尹队长,要打开智能锁,有没有其他方法?比如说,顾兴锁上车门后,无意中透露出锁上的是哪把子锁,然后,蒙面人就拿着相应的钥匙……"

尹仁不等周道话完,就连连摇头:"这绝不可能,老顾只有在智能锁锁上后,才知道是哪把子锁,但那时他就等于与世隔绝了,押运车的车身是完全密封的,内部是特制的回音壁,老顾在车内不管叫多大声,外面的人都不会听见。另外,手机信号在车里会被自动屏蔽,所以除了老顾,没人知道是哪把子锁。"

周道听了,心有不甘,接着问道:"是不是还有一种可能——案发时,老顾自己从车内打开了智能锁?"

"周警官!"尹仁有点恼怒了,"你是在怀疑老顾吗?你没有根据呀!为了确保安全,智能锁只能从外面用钥匙打开……我希望你能尊重我的朋友。"

周道喃喃自语道:"对不起……看来要打开智能锁,只能是蒙面人用手上的钥匙了,或许那是一把特制的万能钥匙。"

这时,一个年轻保安正巧走进门来,他无意中听到了两人的对话,忍不住插嘴道："大家都看到录像里的蒙面人，使用的是一把外形奇特的钥匙，这肯定就是万能钥匙，那把环形锁，是尹大哥担心这次押运的安全，在出发前特地加的，结果还是被打开了。"

周道闻听后内心不免有点沮丧，心想，除了万能钥匙可以立即打开智能锁，其余的开锁方法都要花去不少时间，可是犯罪嫌疑人怎么可能会拥有如此高科技的万能钥匙呢？

周道皱皱眉，接着问道："对不起，能不能告诉我老顾押运时具体负责哪些事？"

那个保安抢着回答："老顾在我们银行工作这么多年来，专门负责贵重物品的在外提取、路上押运和银行入库，所以，他知道保险箱的密码。这次押运，老顾也按照以前的流程，从委托方那里提取了钻石，一路押运回来，想不到在银行门口出了事……"

一旁的尹仁接过保安的话头，补充说道："周警官，老顾的确知道保险箱的密码，但是他如果想打开保险箱，也要一分钟的时间，还有，我再强调一次，老顾在这里工作三十多年了，人品是大家公认的。"

周道没有做声，他心里清楚，智能锁的线索暂时不会有什么眉目了，或许那个被打开的保险箱，会成为破解这个迷局的关键所在。

周道从银行回到了局里，他希望通过开锁专家庞思佰的调查得到一些线索。在技术鉴别部门，周道找到了胖乎乎的庞思佰，他正半蹲在地，摆弄着从现场搬回来的保险箱。

周道俯下身去，问道："思佰，看出点眉目吗？"

庞思佰擦了擦额头上的汗珠，摇了摇头："暂时没有，我检查了半天，可以确定这个保险箱的设置与银行工作人员的描述是相符的，它只能靠输入密码开启，开锁过程至少需要1分钟。这个密码程序是做死的，要想对它动手改制、减少开锁时间,那是不可能的。"

周道沉吟了一会儿,接着说道:"那么,我们是不是能够判定——即使蒙面人威逼押运员说出密码,也必须要1分钟的开锁时间?"庞思佰转了转眼珠,肯定地点了一下头。

怎么会这样呢?周道一屁股坐了下去,盘着腿暗暗沉思着:万能钥匙是哪里弄来的尚无线索,又新冒出一个保险箱如何打开的难题。原本周道猜测,智能锁和保险箱都经过改制,缩短了开锁的时间,但现在的情况却并非如此,这样的话,打开押运车后车门上的智能锁最起码要2分钟,打开保险箱最起码要1分钟,而蒙面人从解开智能锁到最后驾车逃走,完成所有的环节竟然只花了半分钟时间,这怎么可能?

这时,周道的手机接连响了起来,检查科、侦讯科、影印科的同事分别告诉周道,经过对现场的进一步勘查,在现场痕迹和遗留物中,没有任何对案情有帮助的发现。

所有的线索都中断了,周道默默地点了支烟,他心中还有两个疑惑:为什么蒙面人拿走钻石后,还要关上车门?为什么蒙面人不用手枪,而要换用匕首杀死押运员?但是,在首要的开锁问题解决前,这两个疑惑就显得不重要了。

墙上的指针此时正好指向了午夜12点,周道带着一身的疲惫,回到了家中,妻子早已熟睡,刚念初中的儿子趴在书桌上,头枕着书进入了梦乡。周道把儿子抱到床上,为他轻轻盖上被子。

周道平时习惯了早出晚归,此刻他还没心思睡觉,便随手拿起了儿子桌上的《新编三十六计》,坐到沙发上看了起来。看着看着,周道看到了书中的"瞒天过海计"和"苦肉计",突然,心中隐隐察觉到什么,仿佛感觉到案件有了转机,可是转念间这种感觉又消逝了。周道苦笑了一下，心想，或许是因为这起离奇的案件让自己变得敏感了。翻了半个多小时的书，疲惫不堪的周道蜷在沙发里，打起鼾来，渐渐地进入了梦境。

睡梦中，周道置身于白天的案件里，一幕幕场景不断地闪现：打落的摄像头，被害的押运员，打开的保险箱，染血的白手套，还有蒙面人那咄咄逼人的骇人目光……

周道突然惊醒，满头大汗地喘着粗气坐了起来，他看了一眼手中的书，默默低下头，在脑海里又重新把案情梳理了一遍，他顿时好像明白了什么似的，拿起警服，又冲出了家门……

银行所有人都惊呆了：银行安保的负责人尹仁被拘留了！

一天之后，在审讯室里，尹仁一脸坏笑地看着周道，以十分轻松的语气不紧不慢地说："周警官，我在这里已经超过了23个小时，你们要是再找不到证据，就得放我走了。"

周道缓缓地点了支烟："这个你无须提醒我，我倒是纳闷，凭你的头脑，怎么竟然在银行里当一个小小的安保负责人？"

尹仁嘿嘿一笑，坦然地说道："周警官，不用拐弯抹角，我知道作为安保负责人，我确有监守自盗的可能，但是如果没有证据，你们也不能抓我吧？"

"这个自然不会。"周道拿起了笔，吐了口烟圈，"我还真佩服你，竟然设计得比好莱坞电影里的还精彩。"

尹仁把二郎腿一跷，目光幽深地看着周道："什么设计？不妨说来让我听听。"

周道用笔在纸上边写边分析："首先是车后门的智能锁，你成功地运用了瞒天过海的计谋，其实智能锁在开锁专家到达前根本就没打开过,你故意在车后门的门把上加了一把环形锁,然后在监控镜头前,用那把外形奇特的钥匙轻易地打开了环形锁,并随后装出要接着去打开智能锁的样子。看现场录像的人受到打开环形锁的影响,被你误导,感觉你拿着的是万能钥匙之类的工具,并且认为你下一步将要打开智能锁,而实际上,你打坏监视器后,就马上驾车离开了,所以,在执勤人员赶来时你已没了踪影。"

周道顿了顿,喝了口水,说:"别急,我知道你要问什么——既然智能锁没有打开,车里的保险箱是怎么被打开的?顾兴又是如何在封闭的车内被杀死的?事实是,你和顾兴一起用了苦肉计,保险箱是顾兴在路上打开的,他知道密码,打开自然很容易;顾兴也不是被蒙面人杀死的,他是在押运车抵达目的地时用匕首自杀的。作为押运员,他本来就戴着手套,因而也不会在匕首上留下指纹。我原先一直感到困惑:为什么两名保安是被枪杀的,而顾兴却是被匕首刺杀的?顾兴的自杀也就解释了这个疑问。他这么做,是为了帮你造成杀人抢劫的假象,至于顾兴为什么要用自杀的方式来帮助你,经过我们昨天的调查,已经获悉,顾兴在上月的银行体检中,得知自己患了严重的肺癌,他可能是想在死前为自己的家人骗取巨额的保险金,于是他就找到并说服你,一起精心策划了这起抢劫案。"

"精彩,精彩!"尹仁的眼睛直直地看着周道,"推理和分析得太漂亮了!不过,周警官似乎忘了件事:钻石呢?现场的人都能作证,车门打开时,钻石已经不在了,如果我在打坏监视器后离开的话,钻石怎么会被我拿走?老顾就算是自杀,保险箱就算是路上打开的,可钻石始终在密封的车厢里,我是用什么办法拿走的呢?"

周道的手慢慢转着笔,悠闲地玩弄着,他的眼睛却直视着尹仁,说:

"自杀前，顾兴打开保险箱，把钻石藏在身上的某处，而你趁警察打开车门时，抢先扑到顾兴身边，表面上你是在关心顾兴的状况，实际上，你是利用现场混乱之际，将他身上的钻石转移到自己身上。由于你是银行的安保负责人，又是顾兴的老朋友，没人会对你扑向他的举动产生怀疑。"

尹仁喘着粗气问道："那钻石呢，是不是在我家里找到了？"

周道耸了耸肩，说："没有，我们在你家里还没搜查到钻石，也没有找到其他相关的物品。"

尹仁叹口气站了起来："谢谢你告诉我这样精彩的故事，不过现在离24小时最长询问查证时限还有5分钟，没什么别的事我就告辞了。"

周道摆了摆手："你是不会再留在审讯室了，你马上要去我们的拘留室，当然，必须把你鞋子里的钻石先留下。"面对突然僵住的尹仁，周道接着说，"我上次询问你时，就发现你穿的增高鞋是崭新的，但偏偏鞋跟处有不协调的刮痕，而且鞋跟部分的大小，正好可以放下钻石。如果在你家里找不到钻石，钻石肯定是藏在你认为最安全的地方，那就是你的鞋底！"

尹仁此时不自觉地瘫倒在椅子里，喃喃问道："你是什么时候开始怀疑我的？"

周道摇了摇头："我是从一开始就怀疑你的，一是车门一打开你就抱着顾兴号啕大哭，给我的感觉是你事先知道他已经死了；二是犯罪嫌疑人肯定是银行内部人员，唯有他们，才能精确拿捏抢劫和逃走的时间点，并利用这时间点来制造现场的假象，但是我苦于没有其他的证据，当然也不能排除他人作案的可能；更重要的是，在整个案件最关键的开锁和杀人问题上，你分别用了瞒天过海计和苦肉计，成功地误导了我们开始断案时的思维和判断，对破案造成了很大的阻力。我只是偶然得到灵感，才回到了正确的推理方向。"

周道示意旁边的警察取出尹仁增高鞋里嵌藏的钻石，然后披上外套，回头对尹仁说道："接下来的事就转交给其他科室了，我得马上回家去睡个好觉，噢，不，我打算多看看儿子的书，或许我还能从那里挖掘很多有益的东西。"

（沈一译）
（题图：杨宏富）

带血的手

这天早上,杜温克照常开着他的小车,从郊区的家到市中心去上班。小车开进一条主要的街道以后,遇上了大塞车,上百辆车子挤在马路中央,慢吞吞地往前挪动。杜温克一边骂骂咧咧,一边向外东张西望。

这时,杜温克看见旁边那条车道上停着一辆红色的小跑车,驾驶座上坐着一个年轻漂亮的金发女人。杜温克不由朝那个女人多看了两眼,当他的视线从女人身上移到她的后排座位时,突然被吓了一跳。原来,他看见那个座位上有一条隆起的毯子,毯子底下露出一只手,手上有鲜血流下来!

毯子下面一定有个人受了伤,于是杜温克用力摁喇叭,想引起那个女人的注意,可是女人对他理也不理。杜温克又用力向那个女人挥手,这次女人显然看见他了,可是不仅没有回头,反而一踩油门,开动了汽车。

正好,她那条车道松动了,车子开始往前走。而杜温克的前面有辆大卡车,害得他只能停在原地。就在那个女人的跑车开到快要看不见的时候,杜温克慌忙记下了她的车牌号。

那辆车的主人一定有问题,说不定是个杀人凶手呢!杜温克向公司请了假,开车去警察局报案。

一个叫汉斯的警官接待了杜温克,等他听完杜温克介绍的情况,皱着眉头说:"先生,你确定看见了一只带血的手?"

杜温克说:"千真万确!一只带血的手!"

汉斯警官微笑着说:"别这么肯定,说不定是你看错了,比如车窗有反光,或者窗子有点脏……"

杜温克叫起来:"警官先生,不可能!我的眼睛好得很!"

汉斯警官摇摇头,懒洋洋地说:"那好吧,我会去查那辆车子的,你回家等消息吧。"

杜温克回到家,乖乖地守在电话机前等消息,一等就是三个多小时。中午,他家的门铃响了,杜温克忙跑去开门,却看见汉斯警官怒气冲冲地站在门口。

杜温克忙问:"警官先生,您找到那辆跑车了吗?"

汉斯警官哼了一声,冷冷地说:"找到了,我现在就要请你去看一看那只手!"

杜温克稀里糊涂地跟着汉斯警官开车到了市中心的一栋房子前。汉斯警官敲了敲门,开门出来的正是早上跑车里的那个年轻女人。汉斯警官朝那个女人说:"戴西小姐,这就是到警察局报案的杜温克先生,请你让他看看那只带血的手吧。"

戴西小姐笑着把两个人领进屋，一直走进一间大工作室，工作室里有很多木架子，还有很多石膏的人体模型。桌上躺着一具模型，一条"手臂"上沾了一摊红色的油漆。

戴西小姐指着这个模型，告诉杜温克："你早上看到的就是它！我和我丈夫都是给小裁缝店布置橱窗的，我们向他们提供人体模型。这具模型两天前刚漆好，今天早上我把它送到一家店铺去，如果我把一个光着身子的模型放在车上，一定会引起别人的误会，所以就用一条毯子盖在它身上。可能是开车的时候毯子滑下来，露出了这只沾了红色油漆的手臂，看起来像在流血……"

可想而知，杜温克当时有多尴尬！他只好一个劲儿地向汉斯警官和戴西小姐道歉，可是汉斯警官不依不饶，把他骂了个狗血喷头，说下次如果还敢乱报案的话，就把他抓起来。

杜温克狼狈不堪地离开戴西小姐的家，开车回到自己家里，他连饭也懒得吃，倒在床上便蒙头大睡。等他醒过来的时候，天已经黑了，他想忘记白天发生的一切，可脑子里却不由自主地回想起早上看到的情景。难道真的是自己看错了吗？

早上的情景像电影般一幕幕地回放着，突然，杜温克的脑海中掠过一道闪电，早上他看见车里那只带血的手是左手，而在戴西小姐家看到的模型，沾着红色油漆的是右手！

戴西小姐在骗人！一定是戴西小姐知道有人发现了车上的秘密，回家后赶紧为那个模型上了漆，来掩人耳目，而愚蠢的汉斯警官竟然相信了戴西小姐的谎话。

想到这里，杜温克再也等不及了，他从床上跳起来就往门口跑。刚好在这时，门铃响了。

杜温克不假思索地打开房门,却猛地倒吸一口冷气,他看见一个黑洞洞的枪口正对着自己!

拿着枪的不是别人,正是戴西小姐,她举着枪把杜温克逼进了房间。杜温克没头没脑地问了一句:"那是另一只手吧?"

戴西小姐点点头,冷笑着说:"你很聪明,杜温克先生,我知道你会醒悟过来,所以从电话簿上找到了你的地址,幸好我来得不算晚。实话告诉你,那条毯子下是我丈夫的尸体,今天早上我杀了他,在把尸体转移出城的时候,被你看到了,不过你已经没有机会报案了。"

"你,你要怎么样?"杜温克结结巴巴地问。

"你放心,我不会在这里杀你,否则会留下痕迹的。你乖乖跟我走,我朋友正在建房子,你会和我丈夫的尸体一起被埋在地基下面,永远都不会有人发现,哈哈……"戴西小姐举着枪,稳操胜券似的大笑起来。

"叮——咚!"不早不晚,门铃在这时又响了起来,紧接着是很重的敲门声,似乎外面那个人等不及要冲进来。

戴西小姐露出一丝慌张的神色,她犹豫了一下,用枪顶着杜温克的后背,低声说:"你去开门,快把外面那人支走,不许耍花样!否则我一枪就打死你!'

杜温克无可奈何地在戴西小姐的指挥下走过去,把门打开,不是冤家不聚头,这次来的是汉斯警官。还没等杜温克开口,汉斯警官劈头就骂开了:"你这混蛋!都怪你报了这个假案,害得我被局长训了一顿,本来说好的晋升机会也没了,你知道吗!"说着,汉斯警官对着杜温克当胸就是一拳,把他揍得退后好几步,靠在墙上。

这时,汉斯警官看见了戴西小姐,他有些吃惊,随即赔着笑脸说:"戴西小姐,你在这里太好了,你可以去控告这家伙诽谤!看我不好好收拾他!"说着,他冲过去,对准杜温克的肚子就是一脚。可怜的杜温克被踢倒在地,骨碌碌滚进了厨房,他又惊又气,连呻吟的劲儿也没有了。

接下来,意想不到的一幕发生了,汉斯警官突然俯下身,倚在门边,用枪瞄准了戴西小姐!他嘴里大叫道:"放下枪!杜温克已经安全了,你跑不掉了!"

戴西小姐这才发觉上当了,她想要开枪,可是汉斯警官比她更快,"砰"的一声枪响,戴西小姐倒在地上,枪也掉在一边。

汉斯警官跑过去,捡起了她的枪,然后回过头,微笑地看着目瞪口呆的杜温克,问:"你没事吧?"

"我……我没事。"杜温克踉跄地站起身,感觉自己好像在做梦一样,"您、您是怎么知道戴西小姐是凶手的?"

"这多亏了我妻子。"汉斯警官有点不好意思地说,"我今天被你气昏了,回到家,就把这事告诉了我妻子。我妻子倒不关心这个案件,而是要我脱下衬衣给她洗,还责怪我怎么这么不小心,在袖口上沾了红色的油漆。我很奇怪,袖口怎么会沾上红油漆的呢?我想来想去,只有在戴西小姐家看那具模型的时候才有可能染上,可是戴西小姐说那具模型上的油漆是她两天前涂的,那样的话,油漆早就干了!我这才意识到她在说谎,油漆是她在我到之前刚刚涂上去的。所以我立刻赶来了,在窗外看见她用枪指着你,情况危急,为了救你,我只好用这个办法,希望没有踢痛你。"

"痛!怎么不痛?"杜温克捂着肚子说,"不过比起丢掉性命来,这点痛也算不了什么了!"说到这里,两个人都哈哈大笑起来。

(徐慧驹)

(题图:箭 中)

三个警察

这天,一家酒吧里来了三个身穿警服的年轻人。这三个人一个瘦、一个胖、一个高,很引人注目。他们一边喝着酒,一边大声谈论着自己的破案经历。

最瘦的那个年轻人喝得脸色通红,得意地说:"我是约翰警官,最近刚在市中心破了一起奇怪的案件。这案件虽然看起来很简单,但我可以肯定一般的警察破不了它。"

酒吧里那个风姿绰约的老板娘忍不住了,她说:"哎,你可别太骄傲了,什么案子别人破不了?你说出来,在场的人破不了这个案件,我就请你免费喝一杯威士忌;当然,如果有人能破得了,那你就得付我两杯威士忌的钱!"

约翰看了看老板娘，答应了，接着转过头对周围的客人说："大家要替我们作证，到时可不准反悔！"见众人都点头表示同意，约翰便洋洋得意地讲起了故事：

"一天早上，我一个人在警察局里值勤，突然接到了一个报警电话，是市里一家钟表维修店打来的。报警人说有人要抢他们店里最名贵的手表，话还没说完，电话就突然挂断了。我忙骑着摩托车赶到了现场。一进钟表维修店，就看见店里的几个售货员全都倒在血泊里，店老板头破血流地趴在柜台边，有气无力地抬起手臂指了指南边，对我说：'警官，劫匪往那边逃跑了，他抢走了我祖传的名表！'我见他伤得很重，就拿起对讲机向队长要求派辆急救车过来，可队长却告诉我急救车要半个小时才能赶过来。听了这话，我下意识地问店老板现在几点了，那老板抬头看了看满墙挂着的钟表，告诉我现在是 10 点 10 分。他刚说完，我马上收起了对讲机，掏出腰间的手枪指向了他……原来他就是那个劫匪，真正的老板被他杀死后藏在了柜台里，他翻箱倒柜找了半天才找到店老板珍藏的名表，但还没来得及逃跑就被我堵在店里，于是他只能把自己的头打破，伪装成了受伤的店主！你们知道我是怎么看出他是伪装的吗？"

约翰刚刚说完，众人便纷纷议论起来。老板娘想了想，试着问道："是不是那个罪犯抬起手臂的时候，你发现了他手上戴着那块名表啊？"

约翰笑了笑，摇摇头说："他可没有把名表戴在手上，我也是事后从他身上搜出那块表的！"

周围的人也说了一些理由，可是都很难成立，于是老板娘便说："你说出答案吧，如果答案不能让我们大家心服口服，那就应该罚你！"

约翰自信地说："没问题，如果不能让你们服气，那就算我输了！"

然后继续讲了起来。"问题就出在我问他时间的时候,他答的是10点10分,这就是他的破绽。小时候我家隔壁就是开钟表维修店的,那里摆放的所有的表都常年调在10点10分这个时间。不信的话,大家可以去维修店或者卖表的商店里看看。因为发明钟表的工匠们认为每天早上的10点10分是一天当中最美好的时刻,而且这个时候,时针和分针正好呈'V'字形,是表示胜利的意思。这是钟表店的规矩,而这个劫匪显然是个外行,他看见墙上所有的表都是10点10分,就随口说了出来,结果露陷了。"

听到约翰这么说,周围人都点头称是,老板娘也只好倒了杯威士忌,免费送给了他。

这时,三个年轻人中的胖子看见约翰得意地品尝威士忌,也坐不住了,他对老板娘说:"我也想来杯威士忌,我是伦敦来的亨利警官,下面我也给大家讲个我破的案子吧!规矩跟前面的一样,行不行?"众人听上了瘾,老板娘也一口答应了。

于是,亨利慢条斯理地讲了起来:"那天我也是一个人值勤,晚上接到了一个报警电话,原来是一个富有的太太死在了家里,打电话报警的是她家的女佣。我接到电话后马上赶了过去。一到案发现场,我吓了一大跳,只见一个肥胖的女人死在一张大沙发里,样子很恐怖,她的舌头吐了出来,脖子上有很深的勒痕,很像被绳子缠住脖子勒死的。尸体的周围有只猫,正围着主人的尸体'喵呜喵呜'乱叫。我四处检查,希望能找到凶手留下的线索,可是那个凶手很狡猾,没有留下任何指纹,只留下一个模糊的脚印,但因为踩在了那只猫的猫尿里,已经看不清具体的形状了。女佣哭着告诉我,她在叫主人吃晚饭的时候发现主人死了。主人很喜欢这只猫,做什么事情都和猫在一起。我问女佣那个脚印是不是她踩的，女佣一个劲摇头否认，说自己发现主人死了，就赶忙报警了，没有踩到过猫尿。我绕着房间看了一圈，发现了窗台上的一盏灭蚊灯，突然心里一动，马上关上灯，拎起灭蚊灯朝屋子里照，然后一把拧住女佣，认定她在撒谎。后来在确凿的证据下，女佣不得不承认自己就是杀人凶手。你们猜我是怎么看出她在撒谎的？"

众人听完，纷纷议论起来，可是都说不出个所以然来。老板娘也想了半天，最后还是摇摇头，对亨利说："你说说答案吧，不过要让我们心服口服。"

亨利舔了舔嘴唇，笑着说："各位谁养过猫没有？我以前就喜欢养猫，常常听人说猫尿在夜里是会发光的……"

老板娘好奇地问："真的吗？猫尿在夜里会发光？"

亨利笑了笑："当然不是啦，我专门收集了我家的猫尿，可在黑夜里却没有看到它发光。但是我却发现在灭蚊灯下猫尿会发出绿莹莹的夜光，原来猫尿在夜里会发光一说，是有道理的。因为猫尿里面都含有蛋白质，蛋白质在红外线下有荧光反应，而灭蚊灯就是红外线灯，所以猫尿也就能在灭蚊灯下发光了！我当时用灭蚊灯照向女佣时，发现她的左边鞋子发出幽幽的夜光，和我看到猫尿发出的光一样，所以确认她在撒谎。"

亨利一边得意地看着大家，众人也都啧啧赞叹，而这时剩下的那个高个子年轻人敲了敲桌面，说："老板娘，他们两个的破案经历太精彩了，我讲不出更好的故事了！看来只能自己掏钱喝酒了。"

众人一听，都觉得很扫兴，纷纷散去。老板娘也很失望地端出了一杯威士忌。

高个子一口把酒喝了，然后对大家说："大家先别急着走，我也有个问题,你们猜猜我们三个人中谁是假警察啊?"

大家的兴趣顿时又被提了起来,回过头来听这个年轻人说话。高个子继续说道:"我看还是把这个机会留给老板娘吧,一次机会,猜对了我就给酒钱,没猜对可要再请我喝一杯哦。"

众人都纷纷在亨利和约翰之间犹豫,毕竟他们说的案情十分合理也非常接近事实,但是高个子的架势也有点像是真警察。

这时,老板娘却笑着从后台走了出来,绕着三个年轻人走了一圈,伸出兰花指,笑容满面地说:"我来猜猜吧,其实……其实这三个人都不是真警察!"

众人都大声呼叫起来,纷纷摇头,可那高个子却笑了起来:"老板娘果然有眼力,我们三个人的确都是假警察。我们都是演警察的演员,什么案件也没破过,最近正好在附近拍电影。"

众人一听,更加好奇,纷纷要求老板娘讲出是怎么看出三个人的破绽的,老板娘媚眼一扫,说:"你们想听原因也可以,老规矩,如果我的理由不能让你们服气,我请在座的每个人免费喝一杯威士忌,否则,每个人要多给一杯威士忌的小费。"

众人纷纷点头答应。老板娘微微一笑,缓缓地说:"他们讲的故事里面都有破绽,但这还不是主要的。"

众人更来了兴趣:"老板娘,快说呀。"

老板娘喝了一口酒,说道:"你们见过哪个警察为了喝杯威士忌给你们讲故事啊?他们从来都是喝完霸王酒拍拍屁股就走,不但不结账,还要在老娘的屁股上摸上一把!"

话音刚落,只听得众人纷纷高喊:"妙!""妙!"……

(华登喜)

(题图:谭海彦)

密谋·奇案
mimou qian

谁隐藏不可告人的秘密,谁就将在黑暗中走更长的夜路……

滴泪申冤

白州最有名的酒楼叫"醉仙楼",醉仙楼的头牌厨子冯天从小深得家传,八岁执刀,十岁掌勺,年纪轻轻就烧得一手好菜。

这天,白州罗知县的三姨太过生日,罗知县在醉仙楼宴请宾客,酒菜上了一道又一道。此时正逢白州闹灾,百姓衣食无着,而这帮家伙却在这儿海吃猛喝,冯天心里十分不满,于是就想借机好好教训他们一顿。

他上了一道菜,叫"珠胎暗结":将牛腱肉做成珍珠丸子,塞进一条无骨鱼中,吃的时候先划开鱼肚,珍珠丸子便会从鱼肚中流出来。菜上桌以后,因为做得别致,大家欣赏了半天都没舍得动筷子。

罗知县得意地对众宾客说:"怎么样,我看中的厨子有功夫吧?别都愣着呀,大家都来尝尝,吃!快吃!"他一边给大家劝菜,一边把一颗珍珠丸子送进自己嘴里，于是众人也都纷纷把筷子伸进了菜盘。

可是众人的叫好声还没来得及响起，就见罗知县脸色铁青，"呸"一声把珍珠丸子吐了出来。他重重地一拍桌子，喝令手下："去，把冯天这小子给我叫来！"众人不知什么事，都把筷子缩了回来。

罗知县拍着桌子怒问冯天："这丸子你是用什么东西做的？"

冯天不慌不忙地回答说："报告大人，我用的是米糠。"

罗知县气得吹胡子瞪眼："你好大的胆子，竟敢戏弄本官？"

冯天眨眨眼睛，故意装糊涂，说："大人，眼下正闹灾，白州的百姓天天就靠吃这米糠活命。我听说大人刚到白州时说过，要与百姓同甘共苦，所以就特地做了这道菜啊！"

"你……"罗知县没料在众宾客面前反被冯天将了一军，气得脸刷白，可又不便发作，真是又羞又恨。

宴席不欢而散。三天之后，刚好白州有个富户被劫，罗知县破案无招，为报那天宴席上的羞辱之恨，就把罪名硬扣到冯天头上，把他当替罪羊收进死牢，只待秋后问斩。

冯天的媳妇叫莲儿，是冯天前不久在回家探母途中碰上的，当时莲儿因为死了父母，从异乡飘泊到白州，冯天看她满脸悲苦、神情恍惚，实在心里不忍，就把她带回家暂歇。后来冯母看莲儿生性乖巧、手脚勤快，就收她做了儿媳。

莲儿在家中闻知冯天这一变故，如遭晴天霹雳，她赶到县衙，使了些碎银疏通牢卒，才得以进到牢内。夫妻相见，泪眼相对，莲儿对冯天说："我会使银两嘱牢头大哥好生照顾你，你就安心在此养伤，我一定想法子去替你讨回公道。"

冯天摇摇头，叹口气，说："只怕是心有余而力不足啊，你还是省着这些银子,以后好生待我娘吧!"

莲儿咬咬牙,强忍着快要溢出眼眶的泪水,没吱声。

过了月余,京城有位李姓官员巡视到白州,罗知县带着一帮手下在醉仙楼为他接风洗尘。菜上来后,李京官只是盯着菜盘出神,却不动筷。罗知县讨好地说:"李大人,白州是个小地方,没什么好招待的,还请大人多多包涵,多多包涵啊!"

李京官沉吟着说:"这几样菜都曾经是宫中的名菜,没想到居然能在你们这里看到,真是难得啊!"他边说边就拿起筷子,把每样菜逐个尝了一口,谁知却越尝越皱紧了眉头。

罗知县和一帮县府官员不知缘何,个个吓得胆战心惊。

李京官放下手中的筷子,抬起头问:"你们知道这些菜可有什么美中不足?"众人纷纷摇头,李京官手一招:"那就请各位都先来尝一尝吧!"众人于是就依样画葫芦地纷纷拿起筷子,像李京官刚才那样把每个菜尝了一遍。

放下筷子,李京官问:"各位尝出什么来了吗?"

众人大惑不解地看着李京官,不知道他是什么意思,不敢说"好",也不敢说"不好"。

李京官的脸沉了下来,说:"难道你们没尝出来?这每一道菜,味道不是偏浓便是偏淡。偏浓的,似深藏愤懑之气,偏淡的,似隐含悲苦之味。"

他说到这里,正巧又上来一道珍珠银耳汤,李京官舀了一勺,含在嘴里好一会儿才咽下肚去。他吩咐陪在一旁的酒楼老板:"把你们首厨叫来,我有话要问。"

首厨一来,就"扑通"一声跪在李京官面前。李京官说:"你有什么冤屈之事，尽管与大人说来。"

首厨低着头，没有言语。李京官说："银耳汤中有眼泪滴入，莫非这泪不是你的？"

众人听不明白：李京官居然吃得出银耳汤中有眼泪？他到底在唱哪出戏啊？

但见首厨缓缓抬起头，望着李京官，突然泪如泉涌："求李大人为莲儿申冤！"

李京官全身一震，忽地一下就站了起来："你……你是……"

首厨一把揭了自己头上的帽子，一头青丝长发立即像瀑布般泻了下来，眨眼的工夫就变成了一个面容姣美的小妇人。

"你是莲儿？"李京官又惊又喜，上前将莲儿扶起。

莲儿大哭着说："李大人，莲儿终于见到您了，求李大人替莲儿做主！"

莲儿的父亲本是京城官内的御厨，李京官因为对饮食一直颇有研究，所以和莲儿父亲私交甚厚。不料前年李京官遭奸臣陷害，被朝廷治以重罪，莲儿一家也受到株连，父亲病死大牢，母亲含冤离世，莲儿好不容易才逃出京城，一路飘泊，后来遇上冯天，因为怕官府追寻，也一直没敢对丈夫说出实情。但莲儿不知道，其实不久之后李京官已经获得平反，又被朝廷委以重任。

那天莲儿从大牢探监回来，在路上闻听京城有一大官不久将到白州巡视。她想：以往凡有官员到白州，醉仙楼必是宴请之地，我何不趁此机会直接在京官面前鸣冤叫屈？但到时醉仙楼周围一定戒备森严，怎么想办法接近京官呢？于是莲儿便改扮男装跑到醉仙楼，一展自小跟父亲学得的厨艺，把京城官府里的那些花样菜在老板面前表现了一番，老板果真把她给留下做了首厨。让莲儿喜出望外的是，京城来的京官竟然就是父亲以前的好友！但她又担心，时过境迁，不知现在李大人为人如何，思量再三，才想到在菜里做下如此文章。她想，如果李大人还和从前一样，那么他一定能觉察出来。

当下，莲儿便将丈夫冯天所受的冤屈一五一十向李京官道出。话未讲完，李京官已是怒不可遏，罗知县自知罪孽无可抵赖，只得跪地认罪。

冯天当即被从大牢带到酒楼，夫妻相见，抱头痛哭。

李京官说："你们两个以后就随我进京吧！莲儿，你不在我身边，让我如何放心得下？"

可是，莲儿却谢绝了。莲儿说："李大人，莲儿自从在这儿安家，才知道能吃饱肚子是一件多么不容易的事，莲儿决意留在白州，和这儿的百姓一起，世世代代躬耕劳作。"

说罢，她拜谢了李京官，执意与冯天携手而去。

(宾　炜)
(题图：黄全昌)

雌雄剑

清朝末年，莱州府重镇金城接二连三发生命案：先后有几名产妇在生下孩子几天后突然被劫，接着就被抛尸郊外。经勘验，她们身上布满了道道剑痕，作案手段之残忍令人发指，然而其动机却又令人颇为费解：要说是淫贼劫色，为什么不劫那黄花少女？要说是图财害命，为什么又不见有任何勒索钱财之举？

为此，莱州府特派名捕黄凯调查此案。黄凯来到金城，入住城中心的"金城客栈"，他看中这客栈来往人多，消息灵通。

他刚踏进客栈大门，只见迎面走来一少年，身着灰布衣衫，头顶紫色方巾，肩上斜背着一只长方形紫色木匣，匣面上的紫漆已斑斑点点脱落了许多。就在他们擦肩而过之时，两个人的目光正好碰了个正着，黄凯发现，那少年的面容十分清秀，但眼睛里却充满了杀机。他心里一个"咯噔"：小小年纪，怎么竟有如此杀心？

当晚夜半时分，窗外风呼呼地刮得正紧，黄凯躺在床上翻来覆去睡不着，白天在客栈门口看到的少年那双充满杀机的眼睛老在他眼前晃。突然，他听到外面一阵骚乱声，接着就有人高喊"救火"，他忽地从床上跃起，抓过长剑冲出门去。

大火已经在客栈房上蔓延开来，风助火势，火借风威，客栈里乱成一片，女人哭，男人叫，大家纷纷自顾夺路逃命。黄凯手执长剑，正考虑该怎么办时，突然隐隐闻到大火中夹带着一股煤油味。难道有人纵火？黄凯的目光不由自主地移向了客栈东头，因为他临睡前已注意到，那少年就住在客栈东头的厢房内。

大火已经烧到了东头厢房的屋顶，可厢房门却依然紧闭，不见里面有任何动静。黄凯飞身蹿去，一脚把房门踹开，只见一股浓烟顿时滚滚而出，黄凯急忙用手一挡，就在这时候，厢房的窗户突然"砰"地开了，一个黑衣蒙面人贴窗飞出。黄凯伸手去抓，谁知对方身子一溜，躲开黄凯的同时，却反手扣住了黄凯的手腕。

仅仅这一个照面，黄凯就感觉到了对方的厉害，当下抖擞精神，使出浑身解数，与那黑影较量起来。

黄凯无法看清蒙面人的面孔，但凭着对方的身材以及肩上背着的长方形木匣，他觉得这蒙面人应该就是那少年无疑。没想小小年纪竟有如此功夫，黄凯心里不得不叹服。不过这少年看来无心恋战，他使出一招"叶底偷桃"直奔黄凯裆部，趁黄凯抽剑去挡的时候，中途又改成"黑虎掏心"的架势，把黄凯击倒在地，然后一个腾身，悠然而去。

黄凯躺在地上,眼瞅着少年远去的背影,心里真是又恨又感叹:这少年的功夫,决非一般啊!正感慨间,他耳旁突然传来一声凄厉的呼喊:"救命啊,救命!"抬眼一看,发现大火已经烧到了客栈老板女儿住的绣楼,喊"救命"的正是老板的女儿。黄凯顾不得自己的伤痛了,挣扎起身子,踉踉跄跄地就向绣楼扑去……

就在黄凯扑向绣楼的同时,一个身影犹如一只轻捷的燕子,突然掠过他的头顶,几乎是踏着烈火飞身上了绣楼。黄凯惊呆了:看这背影,不是那少年是谁!这到底是一个什么样的人呢?黄凯心里涌起阵阵谜团。

转眼间,那少年已挟着老板的女儿落在了黄凯面前,黄凯发现,此时少年脸上布满了自责的神情,握紧拳头,悔恨地说:"没想到我刚来这里,就引出如此大祸。唉,今晚我真不该出去,要能够趁机把这个放火的恶贼擒住,那该有多好!"

黄凯冷笑一声:"你别装了,谁放的火自己心里清楚,用不着在这里演戏!"

那少年听黄凯这么说,也不生气,微微一笑道:"原以为府里派来的名捕有多么神通广大,却原来也是一个有眼无珠的货色。"

黄凯脸一红:"此话怎讲?"

少年说:"你一定以为我就是放火的恶贼。是的,我和他的身影非常相像,可我们完全不是一路人!我要真是放火的恶贼,我为什么现在还要回来?不过……"少年转而对客栈老板说,"老板,不瞒你说,这场祸确实是因我而起,所以你放心,我自然会给你一个交代。"

黄凯瞪大了眼睛:"因你而起?他和你的身影相像?这么说,你知道放火的人是谁了?"

"那当然,我本是要来擒拿恶贼的,没想让他盯住了我的行踪……"少年正说着话,一支雕翎镖不知从何处"啪"地打过来,直奔他的面门。少年不慌不忙伸手一接,只见镖上插着一张纸,上面歪歪扭扭地写着:明晚二更天云峰山上决一死战。

黄凯问少年:"他就是放火之人?"

少年点点头:"哼,来得好,我正好新仇旧恨一起算了!"

黄凯听出少年话里有话,试探着追问道:"你是说,放火和产妇命案,是一人所为?"

少年一脸悲愤,忍不住向黄凯讲起了自己的身世。

这少年姓韦,名佩弦,父母乃当年江湖上赫赫有名的雌雄剑夫妇。十八年前,佩弦母亲被杀,雌剑被夺,佩弦父亲悲痛不已,当即携雄剑退出江湖,不久就郁郁而死。临终前,父亲把雄剑交给儿子佩弦,含恨叮嘱道:"记住,雌剑重现江湖之日,便是你为母亲报仇之时。"佩弦含泪葬了父亲,心里暗下了报仇的决心。十多年来,他一直隐居深山,潜心苦练剑术,等待时机,直到最近得知城里接连发生产妇命案,佩弦料定雌剑即将重现,报仇的机会终于要来了,这才下得山来。

黄凯对佩弦的话越听越糊涂:为什么产妇命案出现,就一定预示着雌剑要重现呢?

佩弦轻声给黄凯解释说:"家父临终前告诉过我,江湖中有句传言,所谓'剑以血溅,溅血越多,剑越锋利',就是针对这雌雄剑而言的。雌剑要重现江湖,必定要以女人之血以溅剑锋,而女人血中尤以产妇之血为最。所以对产妇命案,外界觉得离奇,我却心知肚明。只是让我始料不及的是,我才刚住进客栈,就被这恶贼盯上了行踪,恶贼一定是想放火引开我,趁机盗走我的雄剑。赶巧的是我夜半突然出了门,躲过了此劫，只是这场大火让大家受难了。"

黄凯这才明白了事情的来龙去脉。他思索了一阵，问佩弦："你明天去云峰山和那小子较量，有必胜的把握吗？"

佩弦摇摇头："雌剑已用血溅过，而雄剑则要以壮士之血溅之，才能力克雌剑，而我不能以这个理由去滥杀无辜啊！能不能胜他，我现在心里没底。不过我会誓死一搏，恶贼毕竟作恶多端，他心里虚得很呀！"

黄凯点点头，拍拍佩弦的肩，说："明天我和你一起去！"

"不！"佩弦一把推开了黄凯，说，"此去凶多吉少，再说你又有伤在身……"

"不行！"黄凯拉起佩弦的手，"捉拿凶犯是我分内之事，我虽不才，总可以多个帮手……"

黄凯诚恳的目光，终于让佩弦改变了主意。

第二天，到了约定的时间，佩弦和黄凯准时来到云峰山。只见树林中"唰"地惊起一片野鸟，紧接着，一个头戴斗笠、肩背木匣的弯腰乞丐向他们走来。

佩弦一阵冷笑："别装了，还是快快现出你的原形吧！"

对方果然一阵长笑："韦少侠，好眼力！"说着挺身掀了斗笠，黄凯一看，竟是一位满脸凶相的和尚，身材倒确实和韦佩弦相差不多。

仇人相见，分外眼红。佩弦和凶和尚迅速解匣抽剑，怒吼着向对方刺去。道道寒光在黄凯跟前闪过，和尚执雌剑，闪出的是青光，佩弦执雄剑，闪出的是白光。激烈的打斗中，白光渐渐减弱，青光却越来越强。

黄凯知道不妙，正要拔剑相助，只见白光和青光刹那间碰撞在了一起，"当啷"一声，声音显得异常清脆，然后白光被青光弹了出去，顷刻之间，佩弦重重地摔在了黄凯的脚边。

"佩弦！"黄凯惊叫了一声，挥剑就向凶和尚扑了上去，那凶和尚根本就没把黄凯放在眼里，身子一弓，一掌打在黄凯的背上，接着仗剑就奔黄凯的头部刺来。佩弦急得一个挣扎从地上跳起来，一只手死死用雄剑抵住凶和尚雌剑的剑锋，另一只手抓住黄凯的衣服，硬是把他拉了回来。

凶和尚放声大笑："韦少侠，难道你爹临死前连剑要以血开锋都没告诉过你吗？真是老天保佑啊，你这把雄剑我盼了十八年，今天终于要到我手啦！"

佩弦一听凶和尚说"十八年"，心中的复仇之火一蹿百丈高！为了给父母报仇，十八年来他何尝不也盼着这一天？他怒目圆睁，两眼瞪着凶和尚……

以往传说中的雌雄剑，今天竟是这样神奇而惨烈地出现。现在雌剑已落入凶和尚之手，如果再得雄剑，那么他以后必将横行江湖，后果不堪设想。想到这里，黄凯头上渗出阵阵冷汗。

此刻，凶和尚的笑声更加放肆："韦少侠，我可是有备而来的，你就乖乖等死吧！"

佩弦的牙齿咬得"咯咯"响："你这个恶贼，休得做梦，我今天就是死也不会把雄剑留给你！"说着，挣扎着身子又要扑上去。

黄凯一把拉住了他："佩弦，你先杀了我，用我的血溅你雄剑的剑锋，再和他决斗。"

"你？！"佩弦惊愕地盯着黄凯。

"佩弦，没有时间了，赶快动手吧！能为你的父母和那些死去的百姓报仇，我黄某又何惜一具躯体？"黄凯说这些话的时候，神色非常坦然。

凶和尚一听黄凯这话，脸色霎时变得惨白，挥起雌剑就大喊着冲了过来。

黄凯急了，猛地抓住佩弦的手，把雄剑捅进了自己的胸口。顿时，一股殷红的鲜血沿着雄剑的剑锋汩汩地流了出来，壮士的热血把剑锋染得鲜红。

佩弦和凶和尚都被黄凯的举动惊呆了。

黄凯欣慰地笑了："佩弦，我相信你……"话没说完，已经微笑着闭上了眼睛。

"黄大侠——"佩弦惊天动地一声喊，他怒目瞪着凶和尚，忽地从黄凯胸口抽出雄剑，发疯般地向凶和尚直刺而去，那剑锋冷气森森，寒光逼人。

直打到天色微明，青气终于渐渐减弱，而白光却越来越锐利。最后，猛听得"咔"的一声，青气被划为两段，而白光却直射对方的头顶。凶和尚跪拜在地，连连向佩弦告饶："韦少侠，饶命！饶命啊！"可是已经来不及了，白光从凶和尚的头顶直插了下去！

随后，佩弦举起手中的雄剑，猛地把它折为两截，扔进了无底的深渊。他急步来到黄凯身旁，俯下身，轻轻地抱起这位壮士……

(成　方)

(题图：黄全昌)

祸起玉麒麟

明朝末年,朝廷腐败,盗贼蜂起。偏偏连年大旱,这一年,竹河县竟然颗粒无收,百姓们实在过不下去,纷纷举家逃亡。

就在这时,竹河县的首富伍东魁仗义疏财,命人造了十口大锅,每日里蒸饭熬粥,赈济灾民,救活了无数百姓。

这一日,伍家的大院里又挤满了人。突然,一个乞丐急匆匆地闯进来,嘴里喊着:"伍老爷,有人叫我送东西给您。"

伍东魁一看,乞丐手里抱着一个檀木盒子,不禁心里疑惑:有人送东西给他并不奇怪,但为何偏偏要找个乞丐来送?伍东魁打开盒子,只见里面静静地躺着一块玉佩,他一眼便认出,那是爱子伍知书身上的玉佩。伍知书今年十六岁,聪明好学,是家中的独苗,也是他的命根子。

这块玉一直是爱子的贴身之物，怎么会出现在这个盒子里呢？

伍东魁心中一紧，一把抓起玉佩，发现下面有一张字条，上面写着：贵公子正在舍下做客，愿阁下独自携玉麒麟前来换人。黄昏时分，西山脚下，若阁下失约，恐令公子多有不测……

伍东魁心里不安，脸上却不动声色，他问那乞丐，是什么人要他送这盒子来的，乞丐回答说，是一个戴着大草帽的人，只是那人的草帽遮挡了大半边面目，他并未看清那人模样。伍东魁知道从这乞丐嘴里问不出东西来，便叫人赏了他，打发走了。

伍家这尊玉麒麟，是祖传之宝，玉质极佳，雕工精美，可是伍家对此一直秘而不宣，谁会打它的主意呢？可字条上流露出的杀机，让伍东魁心里一阵阵发寒。

他想报官，但又想到竹河知县林清学只会搜刮百姓，让他对付绑匪绝不可能。自己的手下，也多是胆小怕事之徒，断断不能把希望放在他们身上。

转眼黄昏已至，伍东魁单身匹马来到西山脚下。早有两个蒙面人等在那里，其中一个粗壮的家伙手按刀把问道："玉麒麟带来了吗？"

伍东魁不动声色地说："我要先见我儿子。"

另一个人冷笑一声，说道："你儿子还没死，可如果你不交出玉麒麟的话，他的小命就难保了。"

听了这话，伍东魁不由得打了个寒噤。他定了定神，说："玉麒麟早就没了。我今天前来，是想与你打个商量，我愿出白银五万两，换回我儿性命，不知可否？"

那人大怒，叫道："伍东魁，你是来消遣我们的吧？如果你没带玉麒麟，便请回吧，我会让你知道骗我的下场。"说完，带着壮汉上马就走。

伍东魁大喊:"等等,玉麒麟真的没了,但赎金我们可以再商量!"

那两人根本不理他,策马扬鞭而去。伍东魁长出了口气,喃喃地说:"小三子,现在全靠你了。"

小三子是伍东魁的家人,长得瘦瘦小小,为人机灵,而且有一身好轻功。伍东魁料定和这些人是谈不拢的,于是事先安排了小三子在远处藏起来,趁着天色昏暗,只要小三子能偷偷跟踪这两人到老巢,他就可以带人出其不意地杀进去,救出儿子。

可一个晚上过去了,始终不见小三子回来。伍东魁一夜没睡,第二天清晨,他忍不住倦意,刚合上眼睛,突然听到外面乱了起来,一个下人气喘吁吁地跑进来说:"老爷,不好了,小三子死了。"

伍东魁冲到门外,只见小三子倒在血泊之中,浑身上下都是刀伤,嘴巴张着,只剩下了半截舌头,看舌头上的伤口,竟像是小三子自己用牙齿生生咬断的。看了这副惨相,伍东魁忍不住流下泪来。

在小三子尸体旁边,放着和上次一样的檀木盒子,伍东魁小心翼翼地打开盒子,忍不住发出一声惨叫。

盒子里面,放着一根戴着戒指的断指,伍东魁一眼认出,那是儿子伍知书的手指。

盒子里面同样有一张字条,上面写着一行血字:今日黄昏,西山脚下,不见玉麒麟,你子必死。

伍东魁脸色煞白,捧着盒子落下泪来,好半晌,他才命下人去报官。小三子死了,这事想瞒也瞒不住。

不一会儿,林知县带着差役赶来,伍东魁把事情说了一遍。林知县不高兴地问:"绑匪如此猖獗,你为何不早点向本官禀报,自作主张,以至于害了一条人命?"接着,林知县发号施令,命令差役们分头去调查。

伍东魁沉默良久，突然脸色沉了下来，咬了咬牙，深吸一口气说："不劳知县大人了，我儿的事情，还是我来处理吧。"

说完，他不再理林知县，大步来到屋外。伍家大院里早已站满了等待施舍的穷人。伍东魁冲着人群大声说道："我伍东魁行善积德，从未做过亏心事。可有人贪图我家宝物，绑架了我的儿子，还杀死了我的家人。事已至此，伍某决不屈服。我请大家帮忙传个消息：有能将绑匪捉拿归案的，可得我十万赏金，有提供绑匪线索的，可得五万，若绑匪敢杀我儿，替我报仇者可得十万。伍某以我儿的性命发誓，我与绑匪势不两立。"

院子里一下子乱了起来，人们纷纷咒骂绑匪。林知县吃惊地说："伍老板，你不想要你儿子的命了？这消息传出去，岂不是逼着绑匪撕票吗？玉麒麟虽是你传家之宝，但你难道要为此而牺牲令公子的性命吗？"

伍东魁的神色一下子黯淡下来，仿佛是苍老了十岁，他苦笑着说："玉麒麟虽是传家之宝，但终是身外之物，我怎么可能为了它而害了自己的儿子？但玉麒麟确实已经不在我手中，你说，我还有其他办法吗？我相信重赏之下必有勇夫，一定会有人替我找出绑匪的。即使我儿死了，也会有人替他报仇。"

悬赏擒匪的消息很快传了出去，大家都在寻找绑匪的踪迹。伍东魁相信，这样下去，伍知书已经成了绑匪的烫手山芋，他们最好的选择就是收他的钱，放回伍知书。

可事情并非如此，傍晚时分，有人将一封信射入院内，信上血迹斑斑，字迹潦草，依稀可辨出自伍知书之手："爹爹，我快被他们折磨死了，求您赶紧把玉麒麟给他们吧。"

伍东魁脸色惨白，一双手抖了半天，突然大喊："所有人都听着，我宁可失去儿子,也不会让绑匪得逞,谁要能救出我儿,抓到绑匪,我再出十万赏金。"

消息马上传了出去,整个县城都开了锅,大家都在找绑匪,据说,一伙土匪也悄悄加入了寻找伍知书的行列,二十万两白银的诱惑力实在太大了。

第二天中午,三骑快马冲进伍家大院,走在前面的两匹马上各坐着一名差役,是县衙的韩、方两位捕头,马后各拴着一根绳子,绳上绑着的两个人,已经死了。另一匹马上伏着一个人,在马上摇摇欲坠,身上都是血,一看正是伍东魁的宝贝儿子伍知书。

伍东魁闻讯冲出来,抱住儿子大声呼叫。伍知书虚弱地说:"爹,多亏了两位差役大哥,要不我可能就见不到您老人家了。"

伍东魁命人将儿子送进房去,然后向两位差役施礼:"韩捕头,方捕头,多谢你们了,请下马来,容伍某摆酒为二位庆功。"

韩、方两人欣然下马。原来,他们也被伍家悬赏所动,暗暗寻找伍知书的下落,凭着多年办案经验,他们找到了绑匪巢穴,然后冲进去出其不意地杀死两个绑匪,救出了伍知书。

伍东魁安排了酒席后,来到儿子房间。伍知书早已换下血衣,在他的前胸后背,布满了凌乱的鞭痕,但让伍东魁最心疼的是,儿子肋骨处血肉模糊,已经没有一处完好的皮肉。

伍知书哭诉道:"爹,他们说你交不出玉麒麟,就拼命折磨我,用一双木手在我肋部又搓又刮,还说要把我身上的肉一点点搓下来……"

伍东魁看着儿子的样子,一双眼里几乎喷出火来。他稍稍冷静了一下,又回到宴席,再次给韩、方二人敬酒,恭敬地说:"伍某有一事要向两位请罪,还望两位多多担待。近年来天灾人祸,百姓受苦,伍某为了百姓能有口饭吃,家财几乎散尽。所谓二十万两白银的悬赏,伍某根本没有能力拿出来,所以……"

韩捕头脸上霍然变色,说道:"伍……伍老爷何……何出此言?你是想赖账吗?"

伍东魁解释说,当时救子心切,只好出此下策,这笔钱是一定要给的,可现在无论如何拿不出这么多钱,只好请他们等上几年。

韩、方二人如何肯信,大怒之下,拂袖而去。半个时辰后,两人又转回来,二话不说,用锁链锁了伍东魁,径自将他押到县衙。

林知县坐在大堂上,一拍惊堂木,大喝:"大胆刁民,你口口声声说要悬赏捉贼,岂能说赖就赖?伍东魁,你若不交出二十万,休怪本官对你不客气。"

伍东魁哈哈大笑:"伍某一言既出,驷马难追,何曾说话不算话过?但这二十万我是不会拿出来的,其中的缘故,两位捕头自然明白,想必林知县也心中有数吧?"

林知县脸色大变,冷笑道:"大胆,竟敢在公堂上胡言乱语,来人呀,给我重打八十大板。"

"何必要用板子?"伍东魁大声说,"听说衙门新添了一件刑具,叫木手刮肉,堪称一绝,小儿已经领教过了,何不在伍某身上再试一次?"

众人闻言大惊,林知县恶狠狠地瞪着伍东魁,说道:"一派胡言!什么木手刮肉?"

伍东魁哈哈大笑,说道:"知县大人恐怕和绑匪是一路的吧。三年前,大人听说我家有玉麒麟,曾要求一看,被我拒绝了,想必一直念念不忘。我伍某人施饭舍粥,为百姓所拥戴,料想大人也看不顺眼。绑架我儿,一方面大人是想得到玉麒麟,另一方面恐怕是想借机报复伍某。"

"大胆伍东魁,竟敢诬蔑本官,你有什么证据?"

"开始我没有怀疑过你,"伍东魁说,"据我所知,朝廷发放的赈灾银两全都被你们私吞了,但伍某敢怒不敢言。我只是可怜百姓,为了救活几条人命,不惜散尽家财,本以为此举可以替你分忧,不想却招来了仇恨!"

伍东魁停顿了一下,继续说道:"当我看到我儿身上的伤痕时,什么都明白了。先前我曾亲自去木匠铺为小三子打造棺材,恰好看到王木匠拿着一双木手,正准备送往县衙,那木手制作精细,巧夺天工,所以我的印象极为深刻,如今看到我儿遭受木手酷刑,终于知道这木手是用来干什么的了。"

林知县听完,突然哈哈大笑起来:"那是本县穷尽心力,发明出来的'搜神手'。任他是钢筋铁骨,也抵不住这木手的三搓两刮,实在是绝妙的刑具啊。不过,这算不得证据,你怎么肯定令郎的伤一定是木手弄的?"

伍东魁恨恨地说:"看到我儿的伤后,我突然想起了小三子临死前的样子。当时我并不明白,为什么他会咬断自己的舌头?现在我终于知道,他是想告诉我,绑匪就是韩捕头啊。"

韩捕头结巴地反问:"他……他……咬断……舌头,怎……么就……能告诉你……你我的身份?"

"因为他曾经对我说过,你是个天生的混蛋,老天让你少长了半截舌头,让你说话跟放屁一样,"伍东魁鄙夷地说,"所以他咬断了自己的舌头,想暗示我,你就是杀他的人。可惜了小三子,竟死在你这杂种手里。"

林知县放肆地大笑:"你够聪明,这么说,玉麒麟根本就是在你手里,只是你不想交出来吧?"

"你错了,"伍东魁长叹一声,"我家虽号称竹河首富,但近年来赈济灾民,开销庞大,早已无力支撑。半年前,我已将玉麒麟变卖,换回银两救济灾民。否则,我一定拿它来赎回我儿。"

林知县愣了半天,凶狠地说:"既然你知道是我们设的局,你还想活着出去吗?来人,伍东魁以赈济灾民为名,收买人心,意在图谋不轨,谋反朝廷,经本官查证属实,将其收监。"

伍东魁被押入大牢,他买通狱卒捎出话去,让儿子伍知书尽快带领家人逃离县城。

可正当他担心家人安危之时,却听见外面一阵大乱,接着就是差役们鬼哭狼嚎的声音。不多一会儿,冲进来一群衣衫褴褛的百姓,他们打开牢门,喊道:"伍老爷,林知县和他的爪牙已经被我们打死了,连你这样的善人他们都容不得,干脆,咱反了吧。"

伍东魁思索片刻,然后无奈地摇摇头,说:"官逼民反,那就反了吧……"

(楚横声)

(题图:黄全昌)

飞来横财

耿诚下岗后心情烦透了，这天他又和老婆吵了一架，一气之下就甩手出了门。

出门后，他漫无目地在街上闲逛，不觉间来到一条叫紫云阁的小巷子。突然，耿诚看见走在自己前面的一个男人摇晃了几下，接着一下栽倒在地。他急忙跑过去，只见那是一个穿着考究的中年男子，此时正仰天躺倒在地上，大张着嘴，身边还放着个精致的密码箱。

耿诚探了探那人的鼻息，惊讶地发现他竟已停止了呼吸。耿诚活了半辈子还从没有碰到过这样的事，他心跳如打鼓，鼻尖也冒汗了。

正在耿诚束手无策的时候，那个密码箱跳入了他的视线，奇怪的是箱盖竟是半开着的。耿诚顺手一掀开盖子，顿时，一道耀眼的光芒照花了他的眼睛，箱子里竟然装满了珠宝首饰！这得值多少钱啊，自己干一辈子也赚不到这么多！

耿诚的心跳得更厉害了，手也不停地颤抖着，似乎拿着的是一包已经点着引线的炸药。不知怎的，他突然将箱子往怀里一塞，放开步子就往巷子外走。

刚走了几步，耿诚就听到背后传来追赶的脚步声，隐隐地还有人在喊："等等……等一下……"他不敢回头，加快了脚步，一溜烟儿地跑出了巷子。

回到家已经是下午五点多钟了，耿诚知道这当儿老婆肯定买菜去了，他关好门，急不可耐地将密码箱里的东西全倒了出来。钻戒、玉镯、宝石项链……耿诚一边用颤抖的手翻动着珠宝，一边想：我这不是偷也不是抢，是老天看我可怜送给我的。这样一想，耿诚又有些坦然了。

他继续在桌上搜寻，突然看到一张名片掉落在桌角。耿诚捡起来一看，只见上面写着：钱柏万，虹鑫珠宝公司总经理。原来是珠宝店的老总，怪不得随身带着这么多值钱的玩意儿呢。

正想着，名片边另一张小卡片引起了耿诚的注意，只见那卡片上赫然写着："我没有死，我患有特殊的强直性昏厥症。这种病一旦发作，其症状往往使人误认为我已经死亡。如果您发现我的躯体，敬请速告张仲德大夫，事后我当重谢！切记切记！"

卡片上还显眼地印着张大夫的联系地址和电话。耿诚看完惊得半天没回过神来，他没想到那人竟还没有死，或者说不及时抢救的话，他必死无疑。想到这里，他不由得害怕起来：我如果不送他去医院，不就成了杀人犯吗？想到事情的严重性，他拔腿就朝外面跑。

耿诚乘的士匆忙赶往陌生人晕倒的地方。他不想让司机看见他要去哪里，所以在附近的一个十字路口提前下了车。下车后，他像遛大街似的不紧不慢地走着，在街角处才猛地拐了弯。

进了小巷，耿诚一看：巷里空无一人，原本钱柏万摔倒的地方现在停着一辆警车！

耿诚这辈子很少跟警察打交道，但现在不得不向他们了解情况。

"同志，这儿发生了什么事？"耿诚结结巴巴地问。

"刚才有个人在这儿晕倒了，现在生死不明。"警察说，"我们已经先把他送走了，你可以为此事提供一些线索吗？"

"不不，我什么都不知道，只是听到警笛声过来看看而已……"耿诚说着连连摆手。

耿诚脸上竭力装出一副事不关己的样子，两腿却不禁瑟瑟发抖，步履蹒跚。我是杀人犯！他的脑海中不时闪过这个可怕的念头。

正当耿诚想离开这个是非之地时，后面又传来一声："请稍等！"耿诚回头一看，正是刚才那个警察。他走到耿诚身边，和蔼地说："刚才你对那个晕倒的人好像很关心，你是不是有什么情况要反映？你说出来，也许我还能帮上忙。"

"我，我……"耿诚犹豫了片刻，终于鼓起勇气说，"我想告诉你们，其实，刚才你们弄走的那个人……他、他还活着。你们可能以为他死了，实际上他只是昏厥过去了……"

"你开什么玩笑？"听了耿诚的话，警察很吃惊，一副难以置信的样子。

耿诚不安地搔搔脖子："哪里，我说的是实话。这人是犯病了，他常犯病，你们可千万别把他火化了，他绝对不能火化的……"

警察沉默了一阵，似乎在考虑着什么。过了一会儿，他终于说："你能跟我走一趟，把你所知道的情况详细讲讲吗？"

怎么办？别无选择，只有到公安局去当面说清楚了。耿诚相信自己能将事情的来龙去脉说清楚，如果行事巧妙，也许还能隐瞒密码箱的事。最重要的是，要赶在火化钱柏万之前……

公安局里，一个被称作"刘队长"的高个男人接待了耿诚。耿诚一边说，刘队长一边在一个本子上"唰唰"地记录着。

"在紫云阁，对吗？中年男人，个子不高，五十来岁？"

"没错，就是他！"

"你认为他还没死？"

"我知道他肯定没死！"

"这恐怕是不可能的。"刘队长合上笔记本，"我们发现这人的时候，他就是死了的样子，没有脉搏，呼吸也停止了。刚才医生检查后确认他已经死亡，死因是心脏病发作。他的尸体现在停放在停尸间，正等着火化——所以你的担心没有任何根据，你还是回去好好休息吧……"

什么？在停尸间，正等着火化？这下耿诚急了："我说的可是真的，我见过这人的病情卡，就在他的密码箱里……"

"密码箱？我们可没有发现他有什么密码箱……"刘队长怀疑地看着耿诚，"到底是怎么回事？"

糟糕，这时耿诚才发现自己说漏嘴了，事情到了这个份上，只有如实交代了。

"密码箱是我拿走的。"耿诚垂头丧气地说，"当时我以为这人死了，东西对他也就没用了。现在我只有一个请求：赶快找一位有经验的医生来！"

刘队长若有所思地看看耿诚，然后拿起电话："小李，刚才送来的那具尸体还在我们这里吗?还在这儿?太好了!"他放下电话,对耿诚说,"请你跟我走一趟吧。"

耿诚随刘队长经接待室出门,向外走去。不一会儿,他们来到一条阴暗的走廊,刘队长打开一扇毛玻璃门,带耿诚走进一间地下室。

"请到这儿来。"刘队长拉开一个冰柜,扯下蒙住尸体的床单。

"你认识这个人吗?"刘队长问。

耿诚咽了一口唾沫,壮着胆子看了一眼,就这一眼,耿诚糊涂了:"不对不对,不是他,他不是钱柏万!"冰柜里的这个男人面庞瘦削,鼻子边还有一块青色的胎记,他不是耿诚看到的那个中年人!

"钱柏万?他当然不是,他叫苟三,我们是老相识了。"刘队长惊讶地望着耿诚。

"老相识?"

"是的,苟三是个惯偷,不知被我们抓过多少次。这次他在紫云阁附近作案,逃跑时心脏病突发,这完全是他咎由自取。"刘队长严肃地说。

耿诚全身开始发抖,喃喃地说:"这不可能,不可能……"如果躺在这里的人是苟三,那钱柏万呢?他现在在哪里?是死是活?耿诚一下蔫了。

回到局里,面对着墙上威严的大字"坦白从宽,抗拒从严",耿诚战战兢兢地讲述了事情的详细经过。

刘队长听完,眉头一皱:"这事情有一点复杂了。"看来只有找到那个叫钱柏万的人,才能揭开谜底。在刘队长的布置下,大家兵分几路行动起来。

刑警们先根据卡片上的地址查找钱柏万所在的珠宝公司,很快发现那是个假地址。刘队长又拨通了张仲德医生的电话,对方却告诉他,张医生不在，他正在西双版纳度假。刘队长问对方是否知道一个叫钱柏万的病人，得到的答复却是没听说过这个人。

这时，刘队长的助手已经陪同耿诚一起把密码箱带回了公安局。经过鉴定，箱子里的珠宝都是假货，并不值钱。耿诚很气愤，他没想到自己居然被人骗了。这也难怪，当时耿诚一下子见到这么多珠宝，喜出望外，哪里还会仔细辨别它们的真假啊！

正当案件陷入僵局时，一名刑警进来报告说，有个电视台的导演在门口请求说明情况。

电视台？耿诚更迷惑了。刘队长想了想，挥手示意快请他进来。

导演进门后自我介绍说姓郑，他要求先放一段录像，然后会对这件案子作出他的解释。说着，与他同行的摄像师从摄像机里取出带子，借公安局的设备播放起来。

大家不看不打紧，看了以后都惊呆了：屏幕上竟清晰地出现了耿诚在紫云阁拿走那中年男人密码箱的一幕。录像放完后，导演这才略带歉意地解释说，其实这是电视台为了提高收视率新开设的一档节目，主题就是测试一个普通人在面对一大笔财富时，会做出怎样的反应。

为了增强节目的真实性，摄像师在被测试对象未知情的状态下进行偷拍。所谓钱柏万其实是由演员假扮的，而珠宝当然也只是不值钱的假货。按拍摄计划，当耿诚拿了密码箱时，导演就该从藏身处出来向他说明真相，可他们没想到耿诚跑得比兔子还快，电视台的工作人员硬是没追上。正当导演不知是否该继续拍摄时，又发生了惯偷苟三发病、耿诚返回等新情况，导演当即决定，将计就计，把一切过程都拍下来。

真相大白，耿诚懊恼地低下头，郑导演拍着他的肩膀说："老耿，你的行为给我们上了一课。如果你同意的话，我们想把发生在你身上的一切拍成纪录片,你看怎么样?"

"这点子不错。"刘队长在一边接话了,"不过郑导演,你们用这种方式制作节目是不是也有扰乱治安之嫌啊?关于这个问题,我想请你先留下,我们再仔细谈谈……"

"啊?"郑导演闻言晕了……

(李　磊)
(题图:魏忠善)

看谁更像海明威

卡梅隆是一家公司的小职员,薪水只够维持基本开销,而他最大的梦想就是能过上有钱人的生活。这天,他看到一则新闻:第十九届"海明威模仿大赛"将在佛罗里达州举行。与往年不同,今年是海明威诞辰一百周年,所以获胜者的奖金高达一百万美元。卡梅隆看得眼睛都直了,一百万啊,有了这一百万,不就能过上自己梦想的生活了?

卡梅隆兴奋地找来海明威的相片,乍一看自己和海明威还真有几分相像,可要想获胜,现在这样肯定还不行。想到那百万奖金,卡梅隆决定去整容!

卡梅隆拿出自己所有的积蓄,走进了整容医院。数日后,当他揭去纱布,看着镜子中自己的脸时,他不由兴奋起来:"我就是海明威!"

一切准备就绪,卡梅隆出发了。不出他所料,这次来参赛的选手特别多,几轮筛选过后,大部分参赛者都被淘汰,只有为数不多的几个人留了下来,卡梅隆就是其中之一。他将剩下的选手打量了一遍,心中不免有些得意:这些人虽然都与海明威有几分相像,可都不是自己的对手。然而,当他的目光扫过最后一名选手时,心中不由"咯噔"了一下:这人长得太像海明威了,不仅形似,而且神似!

毫无疑问,这人将是自己夺冠路上的拦路虎。卡梅隆想:为了参加这次比赛,自己花光了所有的积蓄,要是被这人拔了头筹,先前所有的努力就全打水漂了。不行,一定要赢!

卡梅隆打听到,这人名叫比尔,是个自由职业者。走出比赛现场,他就开始接近对方。不过半天,两人就成了无话不说的好朋友。决赛前的这天晚上,卡梅隆约比尔去喝酒,比尔正闷得发慌,便欣然前往。

两人来到一家偏僻的小酒吧,要了啤酒,对饮起来。卡梅隆心不在焉和比尔交谈着,心里却焦急万分。连干几杯之后,比尔终于有了反应,小声对卡梅隆说道:"我到洗手间方便一下!"说着,站起身来,急匆匆朝洗手间走去。

卡梅隆长出一口气,机会终于来了!他四下打量一番,见没有人注意,便麻利地从口袋中拿出一包白色粉末,倒进比尔的酒杯,用手指搅动了几下,白色粉末很快溶入酒中。卡梅隆自言自语道:"你就好好睡几天吧。"

几分钟过后,比尔回来了。只见他盯着吧台旁一个金发女郎,咂咂嘴说:"喝酒怎么能没有女人陪?怎么样,有没有胆量和我一起过去,请她喝一杯?"

卡梅隆一瞪眼:"这有什么不敢的!"于是,两人站起身来,端着酒杯朝金发女郎走去。

哪知还未靠近，一个龇着金牙的壮汉就站到了女郎的身旁，冲他们挥了挥拳头，女郎看了他们一眼，也轻蔑地笑了起来。两人见状，好不尴尬，只得又回到原位。卡梅隆举起酒杯，笑着说："没关系，我们自己喝也一样！"说着，便和比尔碰杯，他一边喝，一边看着比尔也灌下了杯中的啤酒……

一切就像卡梅隆计划的那样，比尔不久就趴在桌子上呼呼大睡起来。卡梅隆付过账后，便扶起比尔，跌跌撞撞地出了酒吧，开车将他拉到一个废弃的工厂。

卡梅隆把比尔扔在厂房的地上，又顺手搜走了他身上的财物，包括手指上那个超大号的金戒指，然后找来一张破毯子，盖在他身上，喘着粗气说道："哥们儿，对不住了，你在这里多睡几天，等我拿了冠军，得到了那一百万，再来好好感谢你！"说完，头也不回地走出厂房，消失在茫茫夜色之中。

第二天一大早，卡梅隆一起床，就听到有人在议论，有家工厂发生了火灾。他一看报纸，不由惊出了一身冷汗：发生火灾的那家工厂，就是他藏比尔的地方！照片中，浓烟遮天蔽日，工厂早已化为了一片废墟。

卡梅隆拍着脑袋一想，昨天晚上，他曾在工厂里抽过烟，难道是他无意中丢的烟头，引发了这场大火？这样说来，比尔是必死无疑了：当时，他正在昏睡，身上还盖着厚厚的毛毯！卡梅隆不觉一阵惊恐，可是，很快他就冷静下来：他送比尔去工厂时，并没有人看见，现在比尔早就烧成了灰，警察根本不会怀疑到他头上。想到这里，他的心里又释然了。

决赛在"邋遢乔"酒吧举行，经过比试相貌、朗诵海明威的作品、才艺展示等几个环节，卡梅隆最终以压倒性的优势胜出。

站在高高的领奖台上，卡梅隆举起了金灿灿的奖杯，脸上写满了得意。正在这个当口，一帮警察突然出现在颁奖现场，不由分说将卡梅隆铐了起来，带到了警局。

卡梅隆做梦也没想到，警察会这么快找到自己。他装出一脸的无辜，质问道："你们凭什么抓我？我犯了什么法？"

为首的警察正色道："卡梅隆先生，还记得半年前的那起珠宝盗窃案吗？"

"盗窃案？"卡梅隆被问得一头雾水，不停地摇头。

警察瞪了他一眼，继续说道："好吧，那就让我提醒你一下……"

原来，半年前，佛罗里达州的一家珠宝店发生了盗窃案，店内的珠宝被洗劫一空。警察找来了当晚的录像带，画面上果然出现了那个小偷，只是他身穿黑衣，面罩黑纱，从录像里根本无法看清他的脸。有意思的是，就在小偷往麻袋里装珠宝时，他脸上的黑纱突然脱落，虽然他很快又将黑纱蒙上，但警察还是看清了他的脸：这人长得酷似文坛巨匠海明威！

可是，长得像海明威的人成千上万，大海捞针式的抓捕，谈何容易！后来，有人建议道，可以与有关部门协商，让他们增加今年"海明威模仿大赛"的奖金，从而吸引更多的人前来参赛。到时候警方秘密介入，暗地排查，说不定就可以抓住罪犯。见别无他法，警方只得同意了这个抓捕方案。

比赛这几天，警方一直在暗地做工作，却一无所获。可就在刚才，就在卡梅隆举起冠军奖杯的时候，他们惊喜地发现：卡梅隆手指上戴的那个金戒指，就是珠宝店的失窃物！

听警察讲到这里，卡梅隆已是冷汗淋漓。他做梦也没想到，自己机关算尽，想要从比尔手中抢走冠军，到头来却引火烧身，成了一只可怜的替罪羊!卡梅隆想向警察说明真相,可冷静下来一想,现在比尔已死,如果警察相信他是无意中引发了大火,那也是个过失杀人罪;如果警察不相信他的话,那就是谋杀呀!

与谋杀相比,盗窃罪显然要轻一些!主意拿定,卡梅隆就像一只泄了气的皮球,承认道:"珠宝盗窃案是我做的……"

卡梅隆当然不知道失窃珠宝的下落,自然被法官从重处罚。时光荏苒,转眼卡梅隆在监狱里已呆了好多年。糟糕的环境、非人的待遇,让他受尽折磨。

这天,卡梅隆正在昏暗的牢房内发呆,狱警突然走过来对他说,有人前来探望他。卡梅隆很奇怪:入狱之后,他已是众叛亲离,早和外界断了联系,谁还会来探望自己呢?

卡梅隆疑惑地来到探望室,只见坐在他对面的是一个体形消瘦、脸色蜡黄的老头。老头见他来了,探着身子小声说:"老兄,你还记得我吗?我是你的朋友比尔呀!"

卡梅隆惊得差点从椅子上掉下来,颤声问道:"比尔?你真是那个盗珠宝的比尔?你、你不是死了吗?"

老头叹口气,艰难地说道:"没错,我真是比尔,而且还活着!我这次来探望你,就是想告诉你一个埋藏心底多年的秘密,也好了却我的一桩心愿……"

原来,当年比尔盗得珠宝之后,马上拿到黑市上交易,没想到,却被另一伙人盯上,不但抢走了珠宝,还差点要了他的命。走投无路之际,他看到了电视上那则"海明威模仿大赛"的广告,就想来试一试。

比尔的警惕性很高,刚到比赛现场,就发现有点不对劲儿,有大批便衣警察在暗地活动。不用说,这些人都是冲着他来的。比尔当即准备离开。可就在这个时候,卡梅隆却出现了!从他的言谈举止中,比尔知道了他的用意。于是,便将计就计,随他来到了酒吧。

那天,比尔并不是想上洗手间,而是想看看,卡梅隆到底要干点什么。果不其然,比尔离开之后,卡梅隆就开始往他的酒杯中放东西。比尔一看那些白色粉末,就知道是安眠药。为了逃过这些药,他鼓动卡梅隆去请金发女郎喝酒。也就是在那个时候,他把自己的酒杯和吧台上的另一个酒杯调了包,后来,他不动声色地喝下那杯酒,然后就开始装睡。

卡梅隆简直不敢相信自己的耳朵:"这么说,那把火……"

"哈,那是我故意放的,"比尔得意地说,"想让警察以为我死了。没想到,你却不知死活,把我的戒指戴到了比赛现场,再加上你酷似海明威的相貌,所以警察把你当作了我。可我想不通的是,你为什么会认罪?"

"我以为是我杀了你……"卡梅隆脸色苍白地讲,"可是……可是如果这些都是真的,你怎么还敢到这里来探望我?"

比尔狡黠地一笑,说道:"因为我的癌症已到了晚期,医生说,我最多还有半个月的时间。这次来看你,就是想谢谢你,谢谢你为我去坐牢,让我在自由的世界里,又风风光光地多活了几年……"

(曲育乐)
(题图:佐　夫)

宿怨

最近,格里兹小镇发生了一桩抢劫案,匪徒趁着夜色开枪打死银行的解款员,抢走了150万美金,然后逃走了。镇警察局菲利、希尔两位警官奉命调查此案。

此刻,菲利、希尔正在讯问一个叫汤姆的年轻人,凑巧的是,这汤姆还是他们的中学同学。中学时,汤姆就是他们的搞笑对象,一次,他们甚至把汤姆的内裤脱下来挂在学校的旗杆上,使汤姆成为全校的笑柄。

高中毕业后,菲利和希尔参了军,退役后回到镇上当了警察,而汤姆依然住在河边那孤零零的房子里,常常一个人画画、听音乐。菲利和希尔"顽"性不改,逮着机会就会捉弄汤姆一番。

这次,当他们得知汤姆是唯一的一个目击证人时,菲利和希尔就乐了,他们想:要让这胆小鬼作证还不容易,只要吓唬吓唬,他什么都会说的。果然,刚被带来警察局,汤姆就吓得面无血色。

菲利说:"再问你一遍,前天晚上你真的没看到匪徒从你家屋前的小路上经过吗?"

"这……我真的没看见,警官。"

希尔走上前,给汤姆递了张纸巾,让他擦擦额头上的汗珠,安慰道:"老同学,你再仔细想想,匪徒抢了钱只能往河边的小路逃跑,那一带镇上很少有人去,只有你住在河边,也只有你能看到他逃跑了。"

"可……可是警官,我前天在屋里画画,他有没有经过我真的没注意,非……非常抱歉,我想我帮不了你们。"

希尔想,这小子又在画那些该死的画了,我得再给他施加点压力才行,就说:"这可是个大案子啊,你应该知道知情不报的后果。"

汤姆额头上的汗珠冒得更多了,嘴唇也有些哆嗦。这时菲利也走了上去,拍了拍汤姆的肩膀:"我知道你胆子小,中学时你就是这样。可这次你必须把看到的说出来,不然的话你的麻烦会更大的。我提示一下,你是否看到杰克?"

杰克是一个月前来到镇上的,他从哪儿来谁也不知道。他高大粗壮,浑身透着股蛮力,不但喜欢光着上身露出胸前的文身,而且经常醉醺醺的,跑到大街上撒野,镇上谁也不敢惹他,菲利、希尔早就想找他的碴儿了。

汤姆舔了舔嘴唇,说:"好吧,前天晚上我确实看到一个人,不过我不能肯定他是谁,因为天实在太黑了,而且隔得也远,他在河对岸的泥地上好像在挖什么东西,但这个人到底是不是杰克我真的不知道。"

"那个人身材很高大吧?"

"呃……人影很模糊，看不太清楚，好像是比较高大吧。"

"那除了杰克还能是谁呢，镇上可没人比他高大的。"

"哦，也对，有可能是杰克吧。"

见汤姆已经松口，希尔、菲利决定立刻到河对岸的泥地去，看看杰克到底在那里干了些什么，如果他们能挖到什么跟案子有关的东西，人证物证俱在，那么就容不得杰克不承认了。

于是，他们让汤姆在警察局等着，两人立刻开着警车往河边驶去。

来到泥地里，他们四下里开始寻找证据。昨天刚下过雨，地面软软的，一会儿他们就留下了一堆杂乱的脚印。找了半天，终于发现一根插在地上的小树枝，跟周围环境不太协调，于是他们决定在此开始挖了起来。

果然，没多久他们就挖出了个白色的塑料袋，打开一看，里面居然都是钱，菲利和希尔顿时兴趣大增，迫不及待地开始数了起来，足足有70万。他们又发现另外两根可疑的树枝，于是两人又拼命地挖起来。他们总共挖出了三个袋子，里面的钱加在一起刚好150万！原来杰克不是在挖东西，而是在埋藏抢来的钱。

"这儿有150万呢！我们一辈子也赚不了这么多钱！"看着这堆钱，菲利、希尔气变粗了，脸也变红了，他们互相看了看对方，顿时萌生了把钱据为己有的念头。

他们开始考虑下一步该怎么做。首先汤姆必须死，他们要杀人灭口，而这个案子也得有人来顶着。菲利说："如果我们故意让杰克得知是汤姆告的密，又一时疏忽松开杰克的手铐，而恰巧汤姆又进了关杰克的房间的话，那么……"

"可怜的汤姆肯定会被杰克给撕碎的！"

"不错。然后我们选择适当的时机进入，击毙杰克。击毙一个正在行凶的罪犯，这对两个警察是无可指责的。"

"这样知情者死了，黑锅又有人来背，案子就可以了结。至于赃款，犯人死了自然也没法知道他藏哪儿了，我们就可以安心地享用这笔钱了。"

"不错！"

两人当即对这个计划达成了一致，他们准备立刻回警察局，实施这个天衣无缝的计划。

他们先把钱运回自己家，然后迅速赶回警察局，接着他们把杰克带到审讯室，可杰克坐下便一声不吭，像泥菩萨一样。希尔走了过去，大声说道："你拒不承认也没用！汤姆已经指认，他前天晚上看到你抢劫后从他房前的小路逃跑了。"

杰克一听，立刻暴跳如雷，咆哮道："汤姆这个狗杂种，我非剥了他的皮不可！"

菲利和希尔见效果已经达到，便转身离开了审讯室，走时手铐的钥匙不经意间从菲利的裤子口袋里掉了下来。

一切都按照计划进行得很顺利，下一步他们得把汤姆带到那个对他来说就是地狱的审讯室去。

他们在饮料自动贩卖机旁找到了汤姆，胆小的汤姆果然很听他们的话，乖乖地在警察局等着。希尔走上前去，拍着汤姆的肩膀说："我们在你说的地方果然找到了罪证，这可都是你的功劳啊！"汤姆一听，嘿嘿地傻笑起来。

真是个白痴！菲利想，接着说，"这里太热了，我带你去个凉快的地方吧。"

于是三人一起朝审讯室走去。快到审讯室门口，菲利说："就是这儿。"

三人正准备进去，突然有人从后面叫住了他们。转身一看，是三个身穿警服的人，走在前面的竟然是汉森警长。

"奇怪，警长不是开会去了吗？"菲利纳闷了。

菲利和希尔立刻站直，给汉森警长敬了个礼。汤姆也给警长打了个招呼："你好，汉森警长。"然后就转身进了审讯室。

希尔更奇怪了："汤姆怎么会认识汉森警长的呢？"

菲利和希尔还在为这突如其来的变故而发愣的时候，警长身后的两名警探突然冲上前来，把他们两个给铐了起来。

菲利和希尔立刻大声抗议："警长，你这是干什么！"

汉森警长冷笑道："逮捕银行押运车抢劫案的罪犯啊！"

菲利一听，大呼冤枉："不，警长您弄错了，罪犯是杰克。"

"不要抵赖了，在你们的家里已经搜出了150万现金，钱的号码跟被抢的钱的号码是一致的。而且，钱上面有你们俩的指纹。"

"我们是知道了线索为尽快结案才去把钱挖出来的。那上面肯定还有杰克的指纹。"

"如果你们是为了结案而去挖的钱，那为什么钱会在你们的家里被找到呢？而且那上面除了你们两个人再没第三个人的指纹了。"

"他一定是把指纹擦掉了……警长，您一定要相信我们啊！"

"哼！"警长冷笑道，"汤姆已经指认前天晚上看到逃跑和埋钱的就是你们俩。"

"他撒谎！我们问他的时候他明明说没有看到人。"

"你们两个问他，他当然不敢实话实说了，所以他才会打电话给我。还有，杀死解款员的子弹我们分析过了，与你们所使用的是一样的。你们抢了钱以后就把钱藏在河边的泥地里，然后再找机会把钱取出来，没想到你们胆子这么大,居然开警车去挖钱,还在那里留下了一堆脚印。"

菲利和希尔还想说什么,可已经什么也说不出来了,他们被带了出去……

一个多月后,汤姆在他那孤零零的房子里,把音乐的声音开到了最大:"哈,我从来没有这样开心过。那两个混蛋从小就羞辱我,欺负我,把我的自尊踩在脚下,参军回来还不放过我,我一直生活在他们的阴影里,现在他们终于为此付出代价了。我就知道他们是经不起金钱诱惑的,面对花花绿绿的钞票,他们肯定会起贪念。"汤姆得意地说道。

杰克坐在汤姆对面:"老板,只可惜我们这次到手的150万美金没了。"

汤姆笑了笑,在他看来,再没有比能除掉菲利和希尔,出掉这口多年来积压在心头的恶气更快活的了!

(改编:王　婷)
(题图:佐　夫)

费城有家五金店

费城有家五金店，新开张不久，专门卖名牌家用锁具，生意非常好。

这天，店老板正在店堂里招呼顾客，突然一个身穿警服的男人大叫一声："有小偷！"随即就抓住了一个男孩的手腕。老板回头一看，那男孩看上去只有十五六岁，手里确实拿着一把锁。

警官把男孩带到老板面前，说："先生，您知道他是谁吗？弗尔森那家伙教唆出来的，这么小就跟着干这行，居然把主意打到您这儿来了！"

弗尔森是费城有名的恶棍，手下聚集着一大群不良少年，他唆使他们干尽了坏事，可自己却从不轻易出面，警方一直在设法抓捕他。

谁知老板却非常有礼貌地朝警官点点头，说："对不起，我非常感谢您的好意,但我要告诉您的是,这把锁是我让这孩子去拿的,因为我腾不出空,我正在向我的顾客介绍店里新到的货品。"

"您……"警官的两只眼睛直直地盯着老板,"我郑重地提请您注意,这小子绝对不会是第一次出手,您今天可以这么袒护他,但这只会让他以后更加变本加厉地去跟着弗尔森干坏事。"警官坚持要把男孩带回警局,想以此打开缺口,可老板却朝他耸耸肩。老板不开口,警官就无法坚持,最后只好对男孩松了手。

警官走了,老板望着男孩,向他伸出手去:"说吧,叫什么名字?"

"强尼。"这个叫强尼的男孩一面回答老板的问话,一面就把手里的锁具交还给了老板。

其实刚才警官一点没看错,也一点没说错,强尼不仅偷了店里的锁,而且他确实是弗尔森故意派来踩点的,这个恶棍已经把目标瞄准了这家五金店。可是,明明是自己干了坏事,老板为什么还要在警官面前替自己说话呢?强尼心里觉得奇怪。

老板眯起一双小眼睛,打量了强尼一会儿,也不说话,然后把男孩还给他的那把锁在手里把玩了好一阵子,突然抬头问:"知道怎么打开它吗?"

强尼猜不准老板问这话是什么意思,不吱声。

老板朝强尼努努嘴:"把你的鞋带给我。"声音不重,口气却非常强硬,强尼不得不听话地弯下腰,解下一条鞋带,递给老板。

只见老板接过鞋带,把鞋带头上包着金属片的一端穿进锁孔,两只指头轻轻一动,锁头居然就"啪"的一声弹开了。

"啊!"强尼惊讶地叫出了声,眼光里充满了对老板的崇拜。

老板依然眯起他那一双小眼睛,打量了强尼一会儿,然后不慌不忙地从店堂一侧的柜子底下翻出一本泛黄的剪报册，递给强尼。强尼打开一看，哇！里面剪贴的都是国外一个叫库斯楚的大盗偷盗保险箱的报道，强尼一页一页地翻着，贪婪地读着。

"知道这个人吗？"老板盯着强尼。

"不知道……"强尼刚说了"不知道"三个字，突然好像醒悟了似的抬起头，打量了老板一下，喊起来，"您……像，太像了，您就是这个大盗？"

老板的脸上闪过一丝不置可否的神情。强尼追着问："那么，您是刚从国外来的？难怪这家店是新开张的哩！"他讨好地朝老板笑了笑，竖起拇指说，"您真了不起啊！"说完重新开始一页一页把这本剪报册又翻了一遍，好像拼命要从中找出什么奥秘来。

老板站在旁边"嘿嘿"笑了两声，说："傻小子，你可别想在这里面找到什么奥秘，我不会把它告诉任何人的，尤其是他们这帮家伙。我只会把这些东西写进我的回忆录里，一本专门介绍我各种偷盗技巧的回忆录。"老板说到这里，拉开柜子上面的抽屉，指指躺在里面的一个笔记本，说，"这只能到我死后才会发表。可到那个时候又有什么用呢？人人都知道了奥秘，奥秘自然也就不存在了啊。哈哈哈！"

老板笑得很是得意，强尼只好深深地叹口气，瞥一眼那本躺在抽屉里的笔记本，脸上显出一种和他年龄极不相称的悲凉和失望。也许在他看来，老板的这个回忆录简直就是一座金库，只要掌握了其中的奥秘，以后干什么事都能得手。不过，强尼转而一想又觉得奇怪：掌握如此奥秘，又如此风光过的人，怎么甘心只到这里来开一家五金店？是他自己跳出江湖撒手不干了，还是另有高手，而他只能俯首称臣？强尼不敢随便问，只好在心里胡乱猜测着。

突然，剪报册的最后一页，一行醒目的大字映入强尼的眼帘：大盗终入狱，巨富变穷蛋。这么有本事的大盗，难道也斗不过警察？强尼抬起头看着老板，脸上满是疑惑的神情。

此时，老板的脸上已经全然没有了刚才的得意。老板说："我后来在监狱里蹲了23年。其实在入狱之前，我已经有了用不完的钱财，可那又有什么意思呢？我非常厌倦那种生活，但又无法收手，因为我已经上了瘾，所以最后我只能故意露出破绽，让警察来抓我，强制我入狱改造。就是23年的牢狱生活，让我变成了今天这个样子，但我反而觉得很愉快，这才是我真正想要的生活啊！"

说到这里，老板从强尼手上拿回那本剪报册，放回到柜子里，又把放笔记本的抽屉关上，仔细地加了锁，然后语气沉重地对强尼说："孩子，你现在应该知道我为什么会在警官面前如此袒护你了吧？听我的话，你现在毕竟还是个孩子，收手还来得及，不要再跟着那个混蛋弗尔森干了，不管小偷也好大盗也罢，这种事干下去都不会有什么好结果的。至于那个混蛋，他只不过是在你们面前吹吹罢了，我敢说，照他这个样子，不出一个星期，他就会锒铛入狱！"

"您胡说！"一听老板把自己拜为偶像的弗尔森贬得这么一钱不值，强尼受不了了，他固执而又狂怒地朝老板吼起来，"您根本不知道弗尔森有多厉害！"他一面喊着一面就冲出了店门。

老板看着他狂奔的背影，只好失望地摇头："那就祝你和你的弗尔森好运吧！"

老板继续忙他的事情去了，可让人拍案叫绝的是，不出一个星期，其实也就是两天后的一个深夜，弗尔森真的被警方抓住了，和他一起被抓的还有强尼，而抓捕的地点居然就在老板的店堂里——弗尔森还没来得及将店堂一侧柜子抽屉里那个笔记本拿到手的时候,已经在那里守候了两个晚上的警官把枪口对准了他。

老板耸耸肩膀,瞥了一眼哭丧着脸的弗尔森,说:"有你这么干事的吗?也不动脑子想想,如果我真是那个醒悟了的大盗库斯楚,我怎么可能再去写什么专门介绍偷盗技巧一类的回忆录呢,那岂不只会去害更多的人?警方早就打探到你们要对我店铺下手的情报了,正巧我长得和那个大盗库斯楚挺像,我们就故意设好了这个套,等着你们。"

说到这里,老板"啪"的一声拉开抽屉,把里面的笔记本拿出来,甩在弗尔森面前:"看看吧,它是个什么东西。"

弗尔森站着没动,强尼忍不住拿过来,打开一看,原来是一个账本。

(改编:紫　红)

(题图:箭　中)

死亡游戏

莎娃是713号列车的列车员。每次火车到站后,她都要对车厢逐节进行打扫。这天,莎娃扫到了列车最后一节,她漫不经心地推开车厢门,眼睛一下子瞪大了,半秒钟之后,莎娃发出一声尖利的大叫,原来车厢里倒毙着一只沾满污血的白猫!

尽管死的只是一只猫,可死状很恐怖,不像是恶作剧。警察接到报警后立即赶了过来,经勘查,这只猫被人用利器割断了咽喉。是谁这么残忍呢?警察忙碌了半天,可是找不到一丝有价值的线索,只有一样不起眼的东西稍稍引起了他们的注意,那是两张密密麻麻印满字的纸。

警察一看就被吸引住了,只见这两张纸的开头触目惊心地写着这样一行标题:第一起列车谋杀案——一只漂亮的白猫。下面内容则是作案人怎样捆好毫无防备的猫,然后一刀割断它的气管,看着它在血泊中挣扎着一点一点死去。

警察们读完后不寒而栗。这纸上描写得太细腻太血腥了，就像是眼前景象的翻版，显然这个"凶手"就是照着这些描写杀死了这只猫！这是个什么样的人呢？

警察调查了许久，案情没有任何的进展，渐渐地他们就不闻不问了，死的毕竟只是一只猫，而生活中每天新发生的凶杀案他们还处理不过来。谁知他们这种怠慢的态度激怒了极端的动物保护者们，他们一下子拥到警察局前，责问政府为何漠视生命。

眼看事态越闹越严重，官员们害怕了。这年头养宠物的人太多了，一旦激起公愤，场面将无法收拾，他们连忙出面保证，一定会将凶手绳之以法。

然而，让警察们想不到的是，正当他们还在为那只可怜的白猫苦恼时，在713号列车上，又一只动物被残忍地杀死了。这次死的是一只黑狗，它被人用尼龙绳捆住爪子，凄惨地死在了一间包厢里。

再次接警的警察们大吃一惊，想封锁消息，但已经来不及了，嗅觉敏锐的记者们已经报道了这起事件。动物保护协会这回真的愤怒了，他们开始酝酿大规模游行。

警察们立即以从未有过的高效率开始了侦破工作，一方面安抚情绪激动的人们，另一方面放下手头上积压的凶杀案，十万火急地赶到713列车上着手调查。结果同上次一模一样，凶手干得漂亮极了，什么线索也没留下，除了用烟灰缸压着的两张纸。

又是两张纸！警察们这回有了预感，仔细一读果然不错，这两张纸的标题是这样的：第二起列车谋杀案——一只可爱的黑狗。接下来依旧是让人不忍卒读的血腥杀戮过程。也就是说，凶手又按照纸上描写的屠杀过程实际操作了一次!

回到警察局里,看着外面激动的示威者们,警察们觉得郁闷极了。有个警察忍不住嘀咕道:"那么下次又会杀什么呢?这些纸又是从哪里来的呢?"

警察的迷惑并没有持续多久,因为很快就有人在网上发布消息,并将这两起案件和一本名叫《死亡游戏》的书联系在了一起,说这两起案件和书上的情节有着惊人的相似。

警察们没有放弃这条线索,当即四下里找这本书,终于在一家小书店的仓库里找到了。书已出版一年多了,可是购者寥寥,作者叫布依尔,一个名气微薄的三流作家。

警察们决定兵分两路,一路去调查作者布依尔;另一路的任务则是仔细阅读这本小说,看看从书中能找到什么线索。

找到布依尔的家并不是件难事,那是位于郊区的一幢破屋子。屋里只有布依尔的妻子玛莉和五个子女,个个衣衫破旧面色泛黄,看来这一家人活得十分艰难。

当警察表明了想找布依尔先生的想法后,玛莉立即怒吼起来:"我还想找他哩,他已失踪好多天了,瞧,这就是我们的生活,没有吃的、没有穿的……这全是他写那本破书带来的,那本书出版后我们欠了一屁股债,可他一点也不想工作,他是个只会做白日梦的疯子!"

警察打断了她的喋喋不休,在征得她的同意后,开始仔细搜查布依尔的书房,结果真的找到了一样东西———一封很简短的遗书,上面写着:亲爱的玛莉、亲爱的孩子们,如果你们看到这封信,那你们的好运气就到了。我是个失败的作家,更是个无能的丈夫、父亲,可我又是多么希望你们能过上衣食无忧的日子啊,真的,为此即使付出一切我也在所不惜!

警察们不明白布依尔先生想说什么,那他现在又在哪儿呢?

而另一边,读小说的警察却给吓得够呛!书中说在713次列车上将发生一连串的谋杀案,先是白猫,后是黑狗,接下来的标题赫然是:第三起列车谋杀案——一个令人厌恶的红胡子老头。然后依旧是血腥暴力的描写,可怜的老头将像猫狗一样被割断喉咙!

警察跳了起来,驱车直奔那列充满恐怖气息的列车,凶手是个疯子,他既然已按书中描写杀了猫狗,那么接下来肯定会杀掉一个无辜的红胡子老头的,现在必须阻止任何长着红胡子的老头登上这趟列车。

实际上已用不着警察们阻止了,记者已经将这个令人恐慌的消息捅了出去,一时流言四起,人心惶惶。所有长着红胡子的老头都拒绝乘坐这趟列车,连染成红发的年轻人都不敢乘坐这趟列车了,他们害怕凶手看花了眼。这让警察们放下心来,因为书中描写的谋杀案在现实生活中已无法再现了,凶手找不到红胡子老头,那也应该不会实施他的凶杀案了。

警察向媒体信誓旦旦地保证说:连一只红色的苍蝇也不会飞上车的。可是这天,那人又在一间包厢里出现了,他掏出了那把让人胆寒的刀……血光四溅中,一个红胡子老头重重地倒了下来!

所有人全疯了,这凶手简直不是人,他是一个幽灵!而接下来大家更为关心的是:下一个被杀的又将是谁?媒体更是不遗余力地把空气都炒热了,所有的报纸上都刊登了与案件有关的消息。极端动物保护者们早已失去了耐心,他们像潮水一样涌上街头,举行了声势浩大的游行示威,要求警察限期破案。更多的人不远万里地从四面八方赶来,参加那只白猫和黑狗的隆重葬礼,在它们的墓前献上鲜花、点上蜡烛,为它们通宵守灵……随着游行的持续和情绪的升温，大伙的口号渐渐发生了变化，他们已开始猛烈抨击政府了，说政府冷酷、腐败、无能，反对派甚至借此大做文章要求政府立即下台……

警察们感到了从未有过的压力，怎么会发生这样的事呢？在他们的严密监视下明明没有红胡子老头上车啊！他是怎么混上车的？又为什么要送死？凶手到底是谁？

就在这时他们却得知：那个死去老头的红胡子是假的，是粘上去的！更重要的是，经玛莉确认，"红胡子老头"正是她的丈夫布依尔！

到了此时警察们若有所悟，这一切都是布依尔自己安排的，说不定在网络上捅出这事的人也是他！

一切都真相大白了：在这一系列死亡游戏中，穷困潦倒的布依尔先生是导演，更是主演！他是这样一步步吊起人们的胃口的：先杀死猫，再杀死狗，然后在网络上炒作，最后在车厢里粘上红胡子自杀！难怪警察及所有人都看不到红胡子老头上车。他这样做的目的已经达到了：他的《死亡游戏》从滞销书变为十分轰动的畅销书！事实上不久以后，玛莉就收到了出版商送来的丰厚的版税，由于布依尔先生极富悬念的"出色表演"，这本书卖得火极了，所有人都抢着购买。

此间，街上保护动物的游行还在继续，而布依尔先生则在一个凄风苦雨的日子里孤零零地被下葬了，没有人送花、点蜡烛，更没人为他守灵，陪伴他的只有那本《死亡游戏》。他的墓碑上刻着这样一句话：我要向被我杀死的可怜的猫和狗说声对不起。

(童树梅)

(题图：佐 夫)

温柔的陷阱

佳人有约

斗城市青年律师陈留霜，是全市年轻人公认的榜样，他为人正直、精通法律、能言善辩，多次被评为"市十佳律师"、"市杰出青年"；此外，他还不时利用业余时间写些文章在报刊上发表，成为了一位小有名气的作家。

夏天的一个周六下午，陈留霜正在家中看书，突然他的传呼响了起来，一看，是一个非常熟悉的编辑的办公电话号码。他复机时，那编辑意味深长地说了一句玩笑话后，话筒里就响起了一个年轻女子清脆响亮的声音："喂，陈律师呀！我是潼南人，这次专程来找你，原以为你是报社的记者，到报社找到值班编辑一问才知你不是专职记者……"

陈留霜问道："小姐，请问你找我有什么事吗？"

那女子说："能不能抽出半天时间？我有很重要的事需要你帮忙。

我在'竹里'茶楼等你!"

陈留霜心想:一个女孩子大老远从潼南县赶来,一定有急事。于是,他没有多想,急忙赶到了"竹里"茶楼。

见面时,那女孩自称刘佳,21岁,人长得漂亮,只是个子显得袖珍些,身穿很时髦的黑色丝质短袖低领衬衣,配着黑色超短裙,乌黑的头发披到腰间,那双迷人的丹凤眼里透出一丝淡淡的忧郁,给人一种早熟的感觉。

陈留霜总觉得刘佳有些面熟,但怎么也回忆不起在什么地方见过面。

这时刘佳满脸歉意地说:"陈律师,耽误你休息时间,真不好意思!我想请你写一篇稿件。"

陈留霜微笑着说:"你真会说话,给我提供新闻线索,应当是我感谢你才对呀!不过还得看你提供的线索是否有价值。"

刘佳浅浅一笑,露出了两个迷人的酒窝,接着就说她有个表哥,是个农民,这几年搞养殖发了财。他因经常进城卖鸡卖鸭,与一个刚毕业的女大学生好上了。那女大学生比表哥小十多岁,竟然甩掉相爱多年的男友,一心一意要嫁给小学都没有毕业的他。女大学生的男友见恋人甩掉自己,气恼之下,就用浓硫酸毁了她的面容,使她变成了丑八怪,而刘佳的表哥还是坚决与表嫂离了婚,与女大学生结了婚。

陈留霜觉得这是一条好线索,在报业市场竞争激烈的今天,很多报刊都需要这种稿件。于是,他说:"刘小姐,你讲的故事确实很动人。"

刘佳给陈留霜茶杯里沏满开水,一本正经地说:"我可不是编故事,这是我表哥家的真事。说实在话,我经常拜读你的文章,很崇拜你的才华和敢于说真话的勇气。"

陈留霜点了点头,说:"请问刘小姐,你在哪里高就?"

刘佳又浅浅一笑，说："就在本市一家要破产的公司里工作，说起来就气人，我原想找一份好工作的。哎，也许是我的命不好吧！哦对了，我该把身份证让你看一看。"她样子很着急地翻完了所有的口袋后，有些不好意思地说，"哎呀，我怎么忘了把身份证带在身上呀，真是的！"

陈留霜见她着急的样子实在惹人怜爱，就笑了笑，说："我又不是警察，没有权利要求你出示身份证。你能告诉我你表哥叫什么名字，家住什么地方吗？我将抽出时间去采访。当然，我会付给你提供新闻线索的报酬的。"

刘佳说："我打算这个星期天到表哥家去一趟，你能不能和我一起去？我人熟地熟，对你采访肯定有帮助。再说，我也想跟着你学习一些采访经验，我从小就梦想当一个作家。"

陈留霜望着刘佳那双充满祈求目光的丹凤眼，心一软，点了点头。

浪漫一夜

陈留霜与刘佳赶到潼南县城时已经是下午七点多钟了，县城里的路灯已陆续亮了起来。刘佳下车后就到车站售票处买了两张到一个偏僻乡镇的车票。

那客车简直像老牛拉的，经过近两个小时的颠簸，才摇摇晃晃来到了小镇。这时，天已经黑透了。

刘佳苦笑了一下，说："到表哥家还有三公里山路呢，天这么黑，怎么走呢？只好在这镇上住一夜了。"陈留霜无可奈何地点了点头。

这个镇真小，只有一条泥土街，陈留霜与刘佳从镇头找到镇尾，才发现一家挂着"亲情茶旅社"招牌的旅店。两人走进旅社，只见楼下摆着四张方桌，桌边的人正在聚精会神地搓麻将，嘴里吞云吐雾，屋里叫声、笑声、骂娘声、训斥声和小孩哭声此起彼伏，这情景真可以用乌烟瘴气来形容。

陈留霜和刘佳进入茶旅社时，立刻引起了一阵骚动。人们一边打量着他俩，一边互相猜测，窃窃私语。

陈留霜四处看了看，看不出谁的样子像老板，就问："请问谁是老板？"

"有什么事？"坐在铝合金柜前的那个中年胖女人说话了，听口气像是老板娘。

陈留霜问："请问有房间没有？"

老板娘满脸堆笑，说："当然有。我们这条街就只有我家用楼上一间房子开了旅馆，你们运气还真好，今天没有其他人来住。"

陈留霜一听犯了难：孤男寡女住一间房像什么话呢？这么一想，他说话也结巴起来："我、我们可是一男一女两……两个人呀！"

老板娘嘴一撇，斜着眼，胖脑袋有节奏地摆动着，说话像扫机枪："一间房，两架床嘛。看你们也是一对，有什么值得忸怩的呢？现在不是搞改革开放吗，我们农村人都开放了，你们城里人咋还不开放呢？电视里成天都教，我这个老太婆都能看顺眼了，你们年轻人还装什么蒜！要住就交钱，不住就去屋檐下睡！"

刘佳很大方地冲着陈留霜说："既来之则安之吧。"然后掏出一沓钱，问老板娘，"住宿多少钱？"

老板娘两眼顿时放射出贪婪的光芒，连声说："一个人5元，两个人10元。你们还没有吃饭吧？我去帮你们买吃的东西。我和卖货的王老头熟，价格上不会吃亏，我也不会贪污你们的钱。"

刘佳抽出一张百元币递给了老板娘，尔后，两人攀着那笔直的扶梯爬上楼。房里只有两架单人床，一个水瓶，一个茶杯，一个塑料盆子。没有蚊帐，水瓶是空的，上面裹了一层尘土，肯定有好长时间没有人动过了。

陈留霜提着空水瓶正要下楼，老板娘乐颠颠地拿着两袋饼干走了上来。她把饼干递给陈留霜，夺过空水瓶，边下楼边说："你们城里人怎么喝得了我们乡下的水呢，还是我跑一趟去给你们买两瓶矿泉水吧，反正你们城里人不在乎钱。"

自打上楼后，刘佳像个手脚勤快的保姆，动手打扫寝室，一刻也没闲着。陈留霜坐立不安，他不敢看刘佳一眼，心里总是莫名其妙地紧张，像是害怕，又像是期待，反正就是一种说不清道不明的感觉。

不一会儿，老板娘又乐颠颠地上楼了，手里抱着四瓶没有商标的矿泉水。她递给刘佳一沓零钞并报了账。

刘佳接过钞票，也没有清点，随手装进了口袋里，还微笑着对老板娘说了声："谢谢！"

老板娘咧开了大嘴，露出脏兮兮的大黄牙，笑着说："谢啥子哟！今天有你们两位贵客上门照顾生意，该我谢天谢地才对呀！有什么事，大声叫我就行了，就叫我胖大嫂吧，我就住在楼下。你们清清静静地耍吧，我也年轻过，懂得的。"胖大嫂说着，又意味深长地朝陈留霜和刘佳眨眨眼，便下楼而去。

胖大嫂一走，房间里只剩下两个人，陈留霜又显得有些手足无措了，想说些什么话来打破难堪的沉默，就是找不到合适的话题。他拿着塑料盆下楼打洗脸水，磨磨蹭蹭了好半天，上楼进房时，见刘佳坐在床上，嘴里说着："哎呀！真是热得让人受不了。"边说边脱掉了黑色上衣，小巧的粉红色胸衣裹着的两个乳房随着呼吸在有节奏地颤抖，光滑的皮肤在昏黄的电灯下呈现出迷人的淡红色。

见此情景，陈留霜犹如被强大的电流击中，顿感浑身酸软，脑海突然变成一片空白。他自顾自坐在另一张床上，低着头，下意识地吃着饼干。

刘佳望着陈留霜拘束的样子，感到好笑，她偷偷地做了一个鬼脸，拿着矿泉水和饼干挨着陈留霜身边坐下，把头靠在陈留霜的胸前，轻声柔语地说："我真的想跟你学写作，你收我这个徒弟吗？"

陈留霜接触到刘佳细嫩的肌肤，闻着姑娘身上、头发上散发出来的特有的幽幽香味，胸前好像被重物挤压着，憋得难受，可又不敢呼出大气，几乎能听到自己的心在"怦怦"地跳，觉得口特别地渴。他轻轻推开刘佳，拿过矿泉水，打开已经拧松的瓶盖准备喝几口矿泉水。

刘佳一把夺过矿泉水，娇柔地说："你还没有表态呢！"

陈留霜全身不由自主地一颤，他站了起来，面红耳赤地说："想从事新闻写作，最关键一点就是具备正义的思想，所谓的正义就是要忠于事实……"他说着，就抓起矿泉水，一口气喝掉了大半瓶。

刘佳笑着说："陈老师，人是不是都有虚伪的一面？"

陈留霜突然觉得刘佳笑得很阴险，让人不由自主地感到害怕。对刘佳提出的问题，他确实没有想过，他搜肠刮肚地想回答刘佳，但觉得脑袋越来越沉重，思维越来越混乱，上眼皮终于支持不住合了下来的时候，他好像隐约听到刘佳说："你会知道什么叫忠于事实的。"

等到陈留霜醒来时，闻到的是一股浓浓的药味，看到的是四周一片洁白，妻子眼含泪水坐在床边，律师事务所周主任和几个亲朋好友在房间里不安地走来走去，门的玻璃窗口上挤满了瞪着好奇眼睛的脑袋。他想挪动一下身体，但全身软绵绵的不听使唤。

"你醒了呀！要离婚的话我没有意见，何苦去殉情自杀呢？"他妻子说了这句话后，泪水就像断了线一样直往下掉。

陈留霜终于明白这是在医院里。他使尽全身力气拍了拍昏沉沉的脑袋，昏迷前的事一幕一幕渐渐地浮现出来。他从周主任口中了解到自己已经昏迷了一天了。那天都快下午了，"亲情茶旅社"的胖大嫂见他们还迟迟不起来，就在外面敲门，敲了半天没人回答，就用力将门打开，看到的是昏迷不醒的陈留霜和刘佳，正赤裸裸地躺在床上。胖大嫂急忙叫来了众乡亲看护现场，她迅速向居民委员会主任作了报告，居委会主任又将"案情"向乡综治办主任作了汇报。综治办主任赶到现场时，刘佳已经醒了过来，她说这是她与陈留霜的私事，用不着外人干涉。

胖大嫂也出面证明陈留霜和刘佳是"一对"，大家最后"研究"认为：陈留霜和刘佳是一对"野鸳鸯"，晚上干那事过多伤了身体。一直红着脸、低着头的刘佳趁大家兴高采烈议论这桩"桃色"新闻之时悄悄地走了。综治办主任找到陈留霜身上的名片，根据上面的联系电话，通知了周主任，并租车将他送到了潼南县医院，医生认定陈留霜昏迷原因是服用了过量的安眠药。

冤家再遇

凭直觉，陈留霜认为安眠药是刘佳放到矿泉水里的，因为在他下楼打洗脸水之时刘佳有机会下药，但他怎么也不明白刘佳为什么要这样做。

世上真是没有不透风的墙，陈留霜与刘佳的事很快传开了：有的说陈留霜与刘佳是殉情自杀；有的说陈留霜嫖妓出了事；有的说陈留霜因打官司得罪了人遭遇了报复；还有的说陈留霜为了出名而自己导演了一场轻喜剧等等。陈留霜虽然坦然对待一切谣言,但接下来的事却让他非常头痛:先是律师纪律惩诫委员会找他谈心,接着便是多家报刊约稿——都希望他将这离奇的"艳遇"写成文字以飨读者,再者便是几名当被告的丈夫找他拼命,怀疑他勾引他们的妻子而致其妻起诉离婚……

直到半年后,陈留霜的生活、工作才稍稍平静下来,但当他走在大街上,还是感觉到背后有人在指手画脚。陈留霜气恼之余,暗暗发狠:如若遇上了刘佳,非将她撕成碎片不可!

这天下午,陈留霜正坐在办公室看报,一个妙龄姑娘走了进来,请他帮她打官司。那姑娘自称叫张静,说去年她的好友唐颖因周转资金困难,向她借了10万元。可是当她现在急需资金时,尽管好话说了千千万,唐颖就是不还钱。张静气愤地说,如今真是人情薄如纸,好像一切就是为了钱。她说她不在乎打官司用多少钱,只想出口气。

接着张静说,她和唐颖都是潼南县人,前几年,唐颖去深圳打工赚了不少钱,"春潮"夜总会就是她开的。唐颖熟人多,关系广,要打赢她很不容易。因此她提出如果陈留霜对这场官司有兴趣的话,就签定风险代理合同,如果这场官司赢了,她将给陈留霜四万元作为代理费。说到这儿,张静拿出一张纸递给陈留霜,说:"这是唐颖借钱时写的借条。"

陈留霜接过一看,是一张普通的材料纸,上面写着:

今借到张静人民币10万元,定于2001年4月5日归还,月利息按千分之十计算。

借款人:唐颖
2000年10月5日

陈留霜将借条还给张静后，说："按规定，我们律师事务所是统一收案、收费，签风险代理必须得到主任的同意。我将这件案子与主任研究后再答复你，行不行？"

张静接过借条原件，又递给陈留霜一张借条的复印件，说："当然可以。"说罢又拿出一张唐颖的名片给陈留霜，然后告辞走了。

陈留霜将张静欲签风险代理合同的事向周主任作了汇报，周主任满口答应，并通知张静到律师事务所签定了委托代理合同。

也许是"一朝被蛇咬，十年怕井绳"的缘故，当张静说到她是潼南县人时，陈留霜就觉得有一股寒气从脚底直冲脑门。他甚至感到张静这次委托他这位大家公认的倒霉律师办案有什么不可告人的目的。因此，当天晚上，他在上床之前按张静名片上提供的号码拨通了唐颖的手机。

对方的手机很快通了，陈留霜一听那甜甜的声音，惊讶得差点叫出声来，那声音多像谜一样的刘佳啊。为了辨明虚实，他努力使自己的语气平静下来，变着嗓音说："我是张静委托的律师，关于你与张静的债务纠纷，我想与你面谈。"

唐颖一听，激动得大嚷起来："张静这死妞也太不够朋友了，我是借过她10万元钱，不过已经还给她了呀！她怎么这么不要脸呢？"

陈留霜语气平静地说："唐小姐，作为律师，我只是按当事人的意志办事，希望你能理解。现在张静手中有你写给她的借条，你说你已经还给她了，有相关的证据吗？因为法律只相信证据。如果不能协商的话，我只能按照张静的意见向人民法院起诉了。"

唐颖足足沉默了一分钟，才说："我看还是庭前调解吧。具体事宜，我们见面谈吧。哦，请问贵姓？"

陈留霜想了想，说："假如你能抽出时间的话，明天上午九时我们在'竹里'茶楼面谈吧。"

唐颖爽快地说:"那好吧。不过,我不认识你呀!"

陈留霜半开玩笑半认真地说:"也许我认识你吧。"

两人一见面,陈留霜发现唐颖真的就是刘佳。

同样唐颖看见陈留霜,也不由得芳容大变,继而尴尬地笑了笑,然后在陈留霜的对面坐下:"怎么是你呢?我真没有想到又在这里见到你,看来我们真是有缘啊!"

陈留霜冷笑一声,说:"说我们不是冤家不碰头还贴切些吧!"

唐颖熟练地掏出一支香烟点燃,猛吸了几口,满脸歉疚地说:"对那次发生的事,我现在只能说声抱歉。不过,我有我的理由,你愿意听一听吗?"

陈留霜冷冷地盯着唐颖的脸,点了点头。

唐颖呷了一口茶水,说:"安眠药是我下的,但我其实并没有恶意啊!我真的没有想到会造成这样严重的后果。你想想,我一个年轻女人,与一个陌生男人同住一室,会是什么感想?我虽然相信你是正人君子,但还是十分害怕。人非圣贤,你能保证你当时不会一时冲动而做出糊涂事吗?"

陈留霜想到当时自己口干舌燥的情形,不由脸红了。

唐颖继续说:"我与你一无冤二无仇,为啥无缘无故地害你?况且,我自己也中毒了。事后,我有几次想找你将这件事说明白,可始终没有勇气。"

"即使如此,也没有必要将我们脱得赤……赤……"陈留霜的脸更红了,没有勇气将话说下去。

唐颖的脸也涨得通红,说:"这肯定不是我做的,我当时也是昏迷不醒啊！事后我想，这可能是胖大嫂见我们都昏迷不醒，又见我们身上都带着钱，所以见财起意，拿了我们的钱，再败坏我们的名声，使我们有口难言。我身上带的几百元钱不见了呀！话又说回来，我一个女孩子遭遇这种事，难道心里比你好过吗？谢天谢地的是当时没有人认识我，否则，我哪有脸见人呀！"

陈留霜这时才想起他身上的钱也是不见了。他沉思了一会儿，又问："那你为什么说你是刘佳呢？"

唐颖笑了，脸上露出两个迷人的酒窝："我确实又叫刘佳又叫唐颖。我的父亲姓唐，给我起的名字就是唐颖。后来，我的父母离婚了，我跟随母亲生活，但父亲却不给抚养费，我母亲一气之下，就让我跟她姓，改名为刘佳。"

陈留霜觉得唐颖的话有些道理，又有点儿勉强。他叹了口气，淡淡地说："过去的事就让它过去吧！我不会怪你的。我们还是谈一谈关于你与张静之间的债务。"

一说到债务事，唐颖显得有些胆怯，她看了陈留霜一眼，说："我这次遇到你手上了，你难道就没有想到报复我？"

陈留霜看着唐颖楚楚可怜的样子，说："我是那种人吗？况且，即使想公报私仇，我也没有这个权利啊！律师只是将理由说给法官听，最终还得法官说了算。"

唐颖给陈留霜茶杯里倒满水，说："你真是一个大好人啊！我真的不想打官司，费时费神。哎！张静是我最要好的朋友，我不想为了这区区几万元钱翻了脸。去年10月5日这天，我借张静钱时，张静当时还不要我写借条，我坚持写了一张借条给她，她才勉强收下。我是真的在今年4月5日这天将钱连本带息还给她了呀！我当时还钱时，张静称借条未带在身上,我想好姐妹绝不会做出下三滥的事来的,只是叫她自己将借条撕毁行了。想不到她现在真的做出这样的事,真是人心难测啊!哎!要怪就怪我太相信人了吧。说实在话,我并不在乎10万元钱,但张静这样做太缺德,太卑劣了!难道说法律就不讲正义?"说到这里,刘佳眼眶里充满了泪水。

陈留霜又轻轻叹了一口气,说:"你还钱时有没有证人呀?"

唐颖苦笑了一下,说:"当时就只有我们俩。你能不能不帮张静帮我呀?"

陈留霜摇了摇头,说:"任何律师打官司都是要有证据。按现在的情况,如果真的上了法庭,可能会对你不利的。我建议你与张静最好是在庭外解决。"

唐颖四周看了看,然后神秘兮兮地从坤包中拿出一个胀鼓鼓的信封,递给陈留霜,轻声说:"我对打官司没有经验,也只认识你这个律师,请你关照。"

陈留霜打开信封一看,竟是厚厚一沓百元大钞。就在这时,他发觉好像有镁光灯闪了一下。

他迅速将信封摔给唐颖,厉声说:"你这是干什么呢!"

唐颖见所有的人都将目光集中在她的身上,羞愧得无地自容,泪水夺眶而出,她抽泣着看着陈留霜的脸,说:"我……我知道你想报复我,我、我会找一个更好的律师的。"说完转身走了。

陈留霜目送着唐颖离开时,发现一个背影极像张静的人从附近的雅间迅速走了出来,亲昵地搂着唐颖的肩,往楼下走去。

他惊讶地站起来追去,不料与前来倒水的服务员撞了个满怀,等他让过服务员冲下茶楼,那两人已消失得无影无踪了。

声名狼藉

连续几天晚上，陈留霜躺在床上翻来覆去睡不着，一闭上眼，脑海里便浮现出唐颖的身影，有时她像魔鬼在狞笑，有时她又小鸟依人般地露出温柔的笑容。他仔细研究了唐颖给张静的借条，发现这张借条左侧印有"CH092—02—0012"字样，了解一些印刷常识的人都知道这说明该纸张的印刷时间是2000年12月，也就是说唐颖在2000年10月5日竟然用上了两个月后才印刷的纸张，这显然是不可能的。显然，唐颖和张静说的都是假话。这一切都是唐颖与张静设下的骗局！她们的目的是要他陈留霜身败名裂。可是，她们为什么要这么干呢？他无法理解，带着这个疑问迷迷糊糊到天亮。

由于连续几天失眠，陈留霜坐在办公桌前显得精神疲惫，脑袋昏沉沉的。他真想用尽力气大吼一声，将心中的怨气全部发泄出去，将心中隐约出现的恐惧与不安驱逐到九天云外。

就在这时，张静走了进来，满脸笑容地招呼道："陈律师，早！"

陈留霜瞟了她一眼，没有理睬。

张静又恭恭敬敬地敬了一支烟，说："我来问一问案子的进展情况。"

陈留霜不耐烦地挥挥手，说："这件案子我是办不了的，你还是另请高明吧！"

张静一听，挂在脸上的笑容顿时消失了，她惊讶地说："陈律师，你开什么玩笑？"

陈留霜噌地站了起来，铁青着脸，死死地盯着张静那双水汪汪的眼睛，用充满怒火的语气说："你相貌长得温柔、迷人，内心却如此歹毒！你以为和唐颖串通来败坏我的声誉，就能顺利得逞吗？要知道我当了十几年的律师了,什么大风大浪没有见过,你们的行为简直幼稚得可笑!"

张静尖叫起来:"陈律师,你在说什么呀!"

陈留霜笑了,这是他几个月来第一次这么开心,还夹杂着幸灾乐祸。他掏出香烟点燃后,深深地吸了几口,慢慢地吐出一串烟圈,然后用说教的口吻说:"小妹妹,你们自认为聪明,但做假手段还是嫩得很。唐颖写给你的借条显示借款时间是2000年10月5日,但用的却是两个月后才印刷出厂的纸张,这说明什么呢?这说明这张借条是你与唐颖串通起来做的假。我也不知道唐颖为什么一次又一次要害我,你年纪轻轻的,何苦去给人家当帮凶害人呢?记住一句古话:害人终害己。"他边说边拿出借条的复印件放到张静面前,说,"借条的复印件退给你,你另请高明吧。根据我们合同约定,如果当事人不如实陈述事实真相,我们有权解除代理合同。"

张静睁大了眼睛,将嗓音变得又尖又细地嚷道:"哎呀,我是拿的借条原件给你,你怎么退复印件给我呢?这下子马脚露出来了吧,你是我委托的代理人,为什么不听我的而听对方当事人的?我委托你向法院起诉唐颖,你去找唐颖干什么?你以为收唐颖的钱没人知道吗?那天我刚好在'竹里'茶楼喝茶,更巧的是我当时带有相机,这一切都被我拍了下来。"她说着从坤包里抽出几张相片,"啪"地摔在桌上,继续嚷道,"你当的是什么律师,简直是给律师脸上抹黑!唐颖给了你好处,你就帮她钻法律的空子,这张借条明明是今年我叫她补写的,你偏偏说是她当时写的。这是我的血汗钱呀!呜呜……"张静嚷着,竟然捂着脸哭了起来,而且越哭越大声。

这时,别的律师都闻声来到陈留霜的办公室,正在律师事务所采访的几名报社的记者也提着相机走了进来。

张静见大家围过来,哭得更凶了,而且边哭边说:"唐颖给我说她和一个有家室的律师好上了,原来这个律师就是你啊!都怪我……我没有长眼睛,会请你打官司。你把借条原件毁了,退一张复印件给我,我听法官说过,如果借款人不承认的话,复印件是不能作为证据的。"她突然站了起来,尖叫了一声,"我不想活了!"就拼命冲向窗口,众律师一拥而上将张静拖住,这戏剧性的情景乐得几名记者直摁快门。

第二天,本地几家有影响的报刊都在显著位置刊登了题为"这个律师钱色兼收,委托人不想活命"的通讯,同时还刊发了陈留霜傻呆呆地望着众律师拖住张静的照片,照片下面还加了注语——钱与色使这个律师好麻木!不到半天,陈留霜就成了家喻户晓的新闻人物了。

探秘救美

经过新闻媒体宣扬鼓噪,陈留霜这位原来受人尊敬的好律师,一下子成了人人唾弃的败类。不但他自己被停止执行律师职务,他供职的律师事务所也因此受到了牵连,律师业务一落千丈,所有的律师将抱怨一股脑儿地压在陈留霜头上。他没有了朋友,妻子与他离了婚,亲戚对他也敬而远之。

他成天呆在家中,几乎不敢上街。他苦苦思索,但抓破了头皮也弄不明白,这个素不相识的唐颖为什么要害他。他恨唐颖,同时又不得不佩服她高超的整人手段。他给唐颖打了几次手机,唐颖一听到是陈留霜的声音就关机了。倒是张静还算有点良心,主动打过几次电话给陈留霜,说了一些抱歉之类的话,但当他要求她站出来为他洗清不白之冤时,她却又拒绝了。陈留霜不甘心,决定亲自到"春潮"夜总会去查明唐颖设计陷害自己的原因。

为了进夜总会探秘,陈留霜作了精心的准备:蓄起长发,留了胡子,再买了双增高鞋使个头增高了七厘米,又戴上大框茶色眼镜,穿一套纯白色的休闲西装配着大红色丝质衬衫,脖子上挂着一根沉甸甸的镀金项链,虽然样子有点不伦不类,但别人准保认不出他来了。

一个星期五的晚上,陈留霜走进了春潮夜总会。当他刚掀开暗红色的门帘,还没看清里面的环境,就被站在柜台边的一个浓妆艳抹的"大小姐"叫住,她扭了扭黄蜂腰,又用肥大的手拍了一下陈留霜的肩膀,操着四川普通话说:"先生,你是外头来的人吧?我们这里的小姐个个都温柔得很,又不拗价钱,保证让你耍得舒适。"

她说完,一手打着袖珍手电筒,一手拉着陈留霜,一左一右地转了几个弯,钻进了一间伸手不见五指的黑屋。她打开了粉红色的床头灯,借着灯光,陈留霜勉强看清了这是个不足十平方米的房间,里面放了一张保健床、一对单坐沙发和一"根"只能放两个茶杯、一个烟灰盅的"茶几"。

"先生,你等一会儿,小姐马上就来。"大小姐像特务接头一样在陈留霜耳边悄悄说了这句话,就贼一般地溜了出去。

陈留霜坐在沙发上,掏出烟点燃,大约过了五分钟,只听门轻轻响了一下,一个穿红衣黑裙的女子闪了进来,屁股一扭就坐在了床上。她顺手将手中的坤包摔到床角边,随手拿起陈留霜放在"茶几"上的香烟,抖出一支叼在嘴上,利索地用打火机点燃,深深吸了一口,有气无力地说:"先生,你先上床吧,我将这支烟抽完就来。"

陈留霜见这女子身材娇小,面目俊俏,看样子绝对不满十八岁。他心里紧张,猛抽了几口烟,说:"小姐是未成年人吧?"

"小小姐"白了陈留霜一眼，皮笑肉不笑地说："越小越值钱嘛！"

陈留霜将烟头扔在地板上，用脚踏熄，说："今天怎么不见你们的老板？"

小小姐朝陈留霜的脸上吐出一股烟，用本地话说："看你穿得人模狗样的，我还以为是见过世面的人，原来还是一个新手。我看你人老实，劝你不要乱想汤圆吃了，我们老板是不会坐台的。"

陈留霜递了一支烟给小小姐，讨好地帮她点燃，说："你们老板人年轻，看样子还受过高等教育，怎么干起这一行了啊？"

小小姐警觉地站了起来说："你问这些干什么？"

陈留霜慌忙抽出一张百元币递给小小姐，说："我随便问问，没有其他意思。这点钱就当咨询费吧。"

小小姐利索地将钱塞进胸衣里，脸上露出笑容说："我只知道老板上过大学，是潼南县人，其他的事就不知道了。你是不是想泡老板？她的眼光很高啊！就连市国土局杜局长的儿子也看不上眼，这个叫杜海的人也实在让人烦，几乎每天都喝得醉醺醺的到夜总会里来捣乱……"

小小姐话音未落，大厅里突然响起茶杯摔碎的声音，接着有一个男人声嘶力竭地吼着："你认为你是个贞洁玉女呀！呸！还不是个烂货！"

小小姐脸色紧张起来，说："说到曹操，曹操就到，又是这个杜海在捣乱了，我们去看看吧。"

陈留霜随着小小姐到了大厅，正好看见身穿红底白花旗袍、化了晚妆的唐颖"啪"给杜海脸上抽了一记耳光。

杜海被打得退了两步，摸了摸脸，突然从身上抽出匕首扑向唐颖，嘴里大叫着："老子长这么大，还没有哪个长了豹子胆的敢打我的耳光，妈的，老子宰了你这骚货！"

陈留霜来不及多想，一个箭步冲上前拉住了脸色铁青的杜海，大声说："有话好好说，杀人是要偿命的。"

已有几分醉意的杜海挣扎了几下，未能推开陈留霜，不由恼羞成怒，举起匕首朝陈留霜身上就刺，嘴里还说："老子的事你也敢管！想英雄救美吗？老子让你当英雄！"

陈留霜觉得腹部一阵麻木，他用手捂住鲜血汩汩而出的腹部，大声说："快！快……快打110报、报警。"然后转过头，对着已经吓呆了的唐颖张了张嘴，就昏了过去……

心心相印

陈留霜腹部被刺了三刀，肠子被捅了六个洞，经抢救脱离了生命危险。然而各大报纸不仅对此事作了长篇报道，而且说他受伤原因是争风吃醋，气得他差点又昏死过去。这回没有一个亲朋好友到医院里来看他，只有唐颖始终陪着他、护理他，端屎端尿，眉头也不皱一下。医生、护士和其他病员都认为唐颖是陈留霜的女朋友。

十天后，陈留霜能下床走动了，医生特别关照唐颖要扶着陈留霜多走动，这样对他的伤势恢复有好处。

这天上午，唐颖扶着陈留霜在医院的花园里走了一圈，陈留霜觉得有些累，便和唐颖坐在花园的石凳上休息。陈留霜望望脸色显得苍白的唐颖，不好意思地说："唐小姐，谢谢你这些天对我的照顾。我现在已经恢复得差不多了，你今后就不用来了。"

唐颖笑了笑，柔声说："你怎么说这种话呢？如果不是你救了我，说不定我已经到另一个世界去了。你为了救我受了重伤，还被误会，我内心真的过意不去啊!"

陈留霜勉强地笑了笑,说:"也许是我上辈子欠你的,该这辈子还吧!我已经被人们公认是一个大坏蛋,再多几条罪状也无所谓,只要做事对得起自己的良心就行了。我一直认为你不是一个坏人,通过这些天的接触,我更加肯定了我的直觉是正确的。"

唐颖眼睛湿润了,轻轻地说:"我将你害得这样惨,你真的不恨我?"

陈留霜抚摸着唐颖的肩,柔声说:"事情都已经过去了,就让它永远地过去吧!熬过这段时间,一切都会变好的。"

唐颖咬了咬牙,望着陈留霜的脸,诚恳地说:"其实,我早就知道你是一个好人,只是无法控制心魔。你乔装打扮到'春潮'夜总会来,是不是想了解我为什么设计陷害你?"

陈留霜点了点头。

唐颖深深地叹了一口气,然后讲起了自己不幸的身世。

唐颖出生在潼南县的一个偏僻小镇上,父母均是小学教师。九五年冬天,这天下大雪,父亲骑车外出,被一辆大货车撞伤身亡,货车司机买通执法机关,将事故责任全推到了唐颖父亲身上。唐颖母亲悲愤过度成了精神病人,正在上大学一年级的唐颖不但精神上承受着巨大的痛苦,经济上也失去了依靠。唐颖学的专业正是法律,她的理想就是完成学业后当一名法官,为弱者主持公道。为了完成学业,唐颖利用寒假进城打工挣学杂费用。她只身来到这座陌生的城市,却一直没找到合适的工作,就在她准备回家之时,遇上了一位老乡介绍她到一家夜总会打工,老乡说这工作就是陪客人聊天、唱歌而已,工资很高。她相信了老乡的话,怀着一颗忐忑不安的心到了夜总会。谁知当天晚上,她就被一个喝得大醉的嫖客强奸了。更糟糕的是,正当她伤心哭泣时,到夜总会查夜的警察来到了包房,陈留霜当时作为某法制报的特约记者随同采访,还在现场拍了照。公安机关认定唐颖是卖淫女,给予了她15天治安拘留的处罚。含冤受屈的她吞食了一个又一个苦果,但灾难并未就此结束。不久,一家著名省级报纸用很大的篇幅报道了公安机关"扫黄"成果,配的照片上被标明为卖淫女的她最为显眼,结果她被开除了学籍,病情刚刚开始好转的母亲气急之下也跳楼自杀了。

唐颖讲得很平静,却震得陈留霜睁大了眼睛,脸色也变得十分难看。他回忆起以前一直认为在哪里见过唐颖,是因为无法忘记她那双略带忧郁的眼睛。

接着,唐颖凄然地笑了笑,说:"我没有脸回到老家去,就破罐破摔,有了些积蓄后,自己当起了老板。"

陈留霜犹如掉进了冰窟窿,全身都在微微颤抖,额头冒出了汗珠。

唐颖似乎并没有注意到陈留霜的表情,接着说:"我生活下来的勇气就是要报复你,我恨你,你为什么不深入采访,就凭想象乱报道呢?你的错误报道毁了我的一生。我也想让你尝一尝被冤枉的滋味到底如何,身败名裂的滋味到底如何!经过周密的计划,我的目的终于达到了。说实在话,我现在很后悔,我已经吃尽了被无意冤枉的苦头,何苦又去有意冤枉他人呢?唉!"

陈留霜这时百感交集,半天说不出话来。

唐颖望着陈留霜,善意地笑了笑,说:"现在我们可以说是扯平了。严格说,我还欠你一个人情,就是你救了我一条命。哦,再告诉你一件事吧,胖大嫂是我一个远房亲戚,这人很贪钱,她年轻的时候还是乡上剧团的演员呢!"

陈留霜盯着唐颖的丹凤眼,眼睛一眨不眨,半晌说不出话来。

唐颖幽幽地说:"原来,我心中就只有一个念头,那就是不惜一切代价报复你。当看到你稀里糊涂就身败名裂的惨样,我也高兴过一阵子,但渐渐地,我觉得自己又干了一件错事。不论你是否接受我的道歉,我还是应当对你说一声对不起。我已经向司法部门说明了我陷害你的经过,你出院后又可以当一名律师了。还有,我这几天找了各大报纸的主编,向他们说明了事件的真实经过,他们也很重视,表示将派出得力记者重新采访事情的全过程。"

陈留霜激动地拉着唐颖的手,认真地说:"你现在还年轻,还可以自学法律,实现你原来的梦想啊!学费我负责,也算我对你伤害的补偿吧。"

唐颖摇了摇头,说:"我现在要学习新闻写作,看表面凭想象的乱报道害了我也害了你,今后我要当一名对事件进行深入采访的记者。"说完她笑了,笑得天真无邪,很迷人。

陈留霜动情地望着唐颖,终于,这对冤家紧紧地依偎在一起了。

(李民洪)

(题图:杨宏富)

铁证·悬案
tiezheng xuanan

在这半明半暗的无情世界里,总有一样东西可以代表正义。

玫瑰弯刀

这一年,许多武林高手齐聚京城切磋武艺,刀剑铺一下子生意兴隆起来。其中一家冶刀铺,名字起得很温柔,叫"玫瑰刀铺",铺内有一文弱的冶刀匠,名叫潘英藏,他专卖一种刀柄上刻有玫瑰花的弯刀。此刀薄而轻,看样子经不起大力士的使唤,大家都笑称这种刀叫"绣花刀",意思是说买这种刀的,只能是一些练花拳绣腿的人。

这天,潘英藏正打造他的玫瑰刀,突然店里来了个穿着气派但相貌丑陋的男子。只见他长着一对青蛙眼,嘴角有一颗硕大的黑痣,走起路来一瘸一拐的。潘英藏认得此人,他就是长安城最有名的"安居阁"棺材铺的老板马青安。

潘英藏见马青安闷闷不乐的样子,就关心地问他:"马老板,你似乎有什么不快啊！我这里除了卖绣花刀外，还卖一些特别的东西。"

马青安苦笑了一下："我这个老单身汉了，还图个什么？"说完，他买了一把绣花刀就走了。看着马青安蹒跚的背影，潘英藏暗暗地笑了。

晚上，月黑风高，马青安正坐在屋内喝闷酒，突然有个黑影晃了进来，他吓了一跳，连忙站了起来，定睛一看，来人正是"玫瑰刀铺"的店主潘英藏。只见潘英藏拔出一把玫瑰弯刀，使劲地往桌子上一插，然后逼近马青安说道："马老板，你不要害怕，今晚我来是给你推销一种新刀的。只要拥有了这把刀，你所有的愿望都会心想事成！"

马青安看着玫瑰弯刀锋利的刀口，在灯光的照射下闪着可怕的白光，不禁脖子发凉，他战战兢兢地问道："我……我现在就缺一个老婆了，你这刀能给我带来老婆吗？"

潘英藏看着瑟瑟发抖的马青安，暗暗发笑，他瞥了一眼马青安，说道："实话实说，我这把刀就是传说中的夺情刀，只要你买了这把刀，就会如你所愿！"

说完，潘英藏站了起来，把手一伸，说道："因为我想开一家京城最大的刀铺，但资金不足，所以我不得不把我这把祖传的夺情刀卖给你！你想我相貌英俊，这刀对我来说简直就是一把废铁，但对你来说，它可就是无价之宝啊！这样吧，你给我一千两银子，我就卖给你！"

马青安知道，今晚这银子如果不给潘英藏，自己的命就悬了。他只好颤抖着从身上取出一张一千两的银票，递给了潘英藏。

潘英藏哈哈大笑，他告诉马青安，只要把这把刀对准他所心仪的女子，然后按动手柄上的按钮，这把夺情刀就会发出浓郁的玫瑰花香，这个女子闻了之后，就会在不知不觉中爱上他。说完，潘英藏拿着银票就消失了。

过了几天，马青安叫人挑着一担美酒佳肴，来到了玫瑰刀铺。他叫下人摆上酒席，然后恭恭敬敬地给潘英藏敬了一杯酒，激动地说："潘公子，真是谢谢你，你那把玫瑰夺情刀真是太奇妙了，我看上了一个美丽的女子，只在她面前使用了一次，她果然对我有了好感，以前，她可是连看也不会看我一眼的啊！但是，这刀的夺情药力好像还不够，你能不能想个办法把这把刀的药力给我增加上去啊？"

潘英藏叹了口气道："其实，我也知道，你先前以为我是胁迫你买的，现在你知道它的妙处了吧，要不是我急着用钱……"

潘英藏话还没说完，马青安就把一张两千两的银票放在潘英藏的面前。潘英藏看了看银票，满意地点点头道："好吧，我就再帮你一次吧！"

又过了几天，潘英藏决定到棺材铺去看看马青安。谁知，他刚到棺材铺，就见马青安从屋里出来了。

马青安手里捧着一枚耀眼的玫瑰玉佩，见到潘英藏，他竟然"扑通"一声跪了下来，号啕大哭："潘公子，求求你把夺情刀的用药方法全部告诉我吧，现在，我已经离不开那个女子了，我愿意把我的这枚玫瑰玉佩送给你……"

潘英藏的嘴角闪过一丝得意的微笑，他知道，自己的目的已经实现了，他就要得到这个梦寐以求的稀世之宝了。

于是，他装作同情的样子对马青安点了点头，接过那枚玫瑰玉佩，把自己身上一块写有夺情刀用药方法的绢布递给了马青安。

然而，没有人知道潘英藏的真实身份。他其实是大飞贼潘苍。此人相貌英俊，武功高强，但常常滥杀无辜。一次，他偷偷潜伏到京城京安钱庄，杀死了钱庄的老板，并夺走了藏宝洞地图和作为藏宝洞钥匙的两枚玫瑰玉佩。为了躲避官兵的搜捕，他藏在了马青安的棺材铺里。

可从棺材铺出来后，他却发现一枚玫瑰玉佩落在了棺材铺里。没有了这枚玫瑰玉佩，那藏宝洞就无法打开了。

为了不打草惊蛇，他就潜伏下来开了家玫瑰刀铺，并利用夺情刀把棺材铺老板马青安的玫瑰玉佩给引了出来。

就在刚刚去棺材铺之前，他已经和京城胡都大药店的女老板唐小殷约好了在雀默林相会。现在，他不但有了这两枚玫瑰玉佩，而且还带着美人到关外逍遥自在，他能不开心吗？

可当潘苍来到雀默林的时候，他却惊呆了。他看到那个青蛙眼的跛子搂着的，竟是他的心上人唐小殷。潘苍万万想不到，他给马青安的夺情刀竟然用在了自己心上人的身上。这还了得！潘苍拔出长刀，一把架在了马青安的脖子上："你这青蛙眼，你知道我是谁？竟敢勾引我心仪的女子，你不想活了？"

马青安吓得瑟瑟发抖，他颤声问道："你……你……你究竟是谁？"

潘苍哈哈大笑："实话告诉你，我就是潘苍！现在，我就送你上西天吧！"说时迟，那时快，正当他要举刀砍向马青安时，一把锋利的长剑已压在了他的脖子上。

潘苍一看愣住了，拿剑的不是别人，正是唐小殷！只见唐小殷冷冷一笑，说道："你这飞贼，害我找得好苦啊，我跟踪你，知道你利用情花迷药胁迫马青安交出玫瑰玉佩，我为了找到玉佩，只能故意配合你，和这个恶心的青蛙眼搂搂抱抱，演了这场戏。你那普通的情花迷药，怎能奈何得了我堂堂胡都药店的老板？"

潘苍吃惊地问道："你……你……你怎么会武功？"

唐小殷从潘苍身上掏出两枚玫瑰玉佩，微微一笑："好，告诉你，让你做个明白鬼吧！其实，我不是什么药店老板，我是女捕快秦小烟，是刑部派我出来查京安钱庄命案的!"

秦小烟说罢,手上用劲,想一剑结果了潘苍的性命,可潘苍却脖子一缩,闪跳开去,接着从他左手"哧"一声飞出一道金光,直向秦小烟的面门飞去。眼看秦小烟性命不保,突见一道白光闪过,那道金光便闪落地下,接着传来"啊"的一声,潘苍直挺挺地躺了下去,他的胸前插着一把玫瑰弯刀。

救人和杀人的不是别人,正是那个长着青蛙眼的瘸子马青安。

在秦小烟吃惊的目光中,马青安一把拉下了套在他脸上的人皮面具,站在秦小烟面前的,是一个相貌英俊的翩翩美男子!

"你是谁?"秦小烟吃惊地问。

"我就是京安钱庄老板的儿子京奎,我从少林寺学艺归来,却发现自己的父亲惨死在钱庄内。在钱庄的一个角落,我发现了潘苍的一枚玫瑰针。于是,我四处寻找潘苍杀人的证据。我查出马青安这个棺材铺老板身上竟然有一枚钱庄的玫瑰玉佩,而那天官兵追捕潘苍的时候,他曾躲在棺材铺内。于是,我给了马青安一笔钱,让他赶快离开京城,我就乔装打扮成马青安的样子,隐藏下来。我知道,潘苍没有第二枚玫瑰玉佩,光有地图,是打不开藏宝洞的,他一定会来找我……"

三日后,两匹好马拉着一辆装有银两的马车,悄悄地向江南方向行进。天上,大雪纷飞;雪中,却有笑声不断传来……

(尤培坚)

(题图:黄全昌)

明天有暴风雪

小袁是省城晚报"目击现场"栏目的记者,由于他敢于讨论敏感话题,还常常通过舆论压力帮助基层解决实际问题,在读者中很有些影响力。

一个寒冷的周末下午,小袁的手机突然响了,有人提供线索说,许家坳小学教室刚刚塌方了,而且出了人命!没等小袁再提问,提供线索的人就把电话挂了。不过对方沙哑、浑浊、低沉的声音,让小袁觉得打电话的人八成是许家坳小学的许校长。

小袁的心猛地一沉:原本可以避免的悲剧,这么快就上演了!他快速下楼,开着报社的采访车往许家坳小学驶去,一路上思绪万千。

说起这个许家坳小学,小袁印象是很深的。三个月前,面黄肌瘦的许校长带着全体村民的联名信,亲自来报社找到了小袁,反映学校危房的情况，请求派人去报道，说是前不久邻村有所小学校舍倒塌，在小袁的跟踪报道下，漂亮的新校舍没多久就建成了。

后来小袁写的专题报道刊登了，可问题并没有像许校长希望的那样立刻得到解决，许校长又跑来省城问为什么报上登了上级还不重视，小袁只好无奈地说了实话："上面需要解决的问题太多了，房子塌了，出了人命的总要先解决，像你们这个校舍，毕竟只是有可能出事，就得再往后排排。"

许校长悻悻地离开后，小袁感叹了一阵，后来工作繁忙，也就渐渐把这事给忘了，真没想到，这么快就出事了。

一个小时后，他赶到许家坳小学，一下车就愣住了。

学校的房子已经成了一片废墟，可奇怪的是，围观的人都神情轻松，不像是出了人命的样子。一见小袁来了，分管教育的吴乡长赶紧迎上来握住他的手："袁记者的消息好快啊！这房子本来准备最近就拆除，不料今天倒塌了。还好今天是星期天，没造成人员伤亡……"旁边的人也应声道："是啊，是啊，生命安全是第一位的，后果不算严重，学期也快结束了，影响不太大，万幸万幸哪！"

小袁和吴乡长打过几次交道，也算是熟人了，这会儿看到他们还不知道有人被压在废墟里，更是顾不上客气，着急地说："不，不，屋里有人！给我打电话的人说出了人命的，快抢救！"

吴乡长听了这话，变了脸色："谁，谁看见的？"

小袁说听声音是许校长，吴乡长立刻朝四周大声喊："许校长到了吗？老许！许青石！"喊了半天也没人应，吴乡长火了，"平时不细心检查，出了事就躲着不出来，到现在都联系不上，什么态度！"

听说屋下压着人，大伙立即神情紧张起来，大家纷纷动手抢救。

从现场分析看,其中四个教室的门都上了锁,只有中间那个教室门开着,如果压了人,应该就在那个教室里。果然,天擦黑的时候,在那间教室的大梁边挖出了一个人,可令所有人都目瞪口呆的是:那人竟是许校长!

许校长已经死了,现场立刻笼罩在悲惨的气氛中。砸死了人,责任升了级,乡领导们神色也立刻沉重起来。吴乡长铁青着脸质问道:"怎么回事?大星期天的,你们许校长干吗往教室跑?"

有人推测说:"许校长有个习惯,每天清早、中午和傍晚都要把教室检查一遍,看看有没有险情。他家离学校远,星期天一般不来,可能最近天气不好,他担心出事,所以来查看。幸亏今天下午屋子倒了,要是明天上课时出事,后果真不堪设想啊!"

这么说,许校长是在检查危房时因公死亡的,吴乡长心事重重地移走了目光,阴沉着脸没吭声。

小袁觉得这个解释也合情理,可让他疑惑不解的是:如果是这样的话,打电话提供线索的就另有其人,但那声音听起来的确是许校长的,这又怎么解释呢?

小袁困惑地拿出手机,调出提供线索的号码,和其他老师证实了电话号码正是许家坳小学办公室的,而且为了控制电话费,那部电话的长途是锁的,钥匙只有许校长有。小袁又问附近有没有人说话声音和许校长很像,人家都肯定地说没有,许校长有严重的咽喉炎,说话声音很特别。这么说,电话应该是许校长打的!

小袁再翻查了来电时间,不动声色地问道:"房子是什么时间倒塌的?"

"四点十分!"在场的一个人很肯定地说,"我家就在学校边,四点十分电视剧刚刚开始播,我就听见'轰'的一声响,不会错的。"

这下小袁更吃惊了，他手机上显示的来电时间是三点五十分！这怎么可能？许校长难道提前二十分钟就预感房子要倒塌，并且还自己进屋去送死？

雪越下越大，激动的群众和许校长的家属一起要向吴乡长讨个说法，吴乡长极力劝说，不希望把事态搞大，僵持到最后，大家都把眼光投向了小袁。

小袁知道自己这时候一定不能冲动，于是大声地说："乡亲们，请你们相信，政府一定会妥善处理好一切问题，尽快重建校园的！我也表个态，你们小学的事，我一定会跟踪报道，直到所有的问题全部解决为止！大家冷静一下，早点让许校长入土为安吧！"

群众果然平静下来，几个村民大声叫道："好！就听袁记者的！不过再有十几天就要过年了，这事年前一定要有个说法，不然大家都过不好这个年！"

人群渐渐散去，吴乡长开始组织善后处理工作。在回省城的路上，小袁心里有说不出的沉重和茫然，他决心要把事实真相弄清楚。

第三天下午，小袁打算再去许家坳小学了解一下情况，正要出发，门房给他送来了一封信。拆开一看，他的心像是被撕碎了一般，泪水潸然而下。信是许校长写的，全文如下：

袁记者：

你好！你收到这封信的时候，我已经不在人世了。

你是个正直、敬业、有良知的好记者，为我们学校已经尽了全力，我很感激你！我知道记者要用事实说话，可是，我要请求你为我暂时隐瞒一个真相——我并不是因公死亡，学校的房子是我故意弄倒的！

那天，你的解释提醒了我。是的，那所小学之所以很快就建起来了，是因为出了安全事故，有时候只有等悲剧发生了，很多问题才能迅速得以解决。

可是，我们小学有二百多个学生，一旦出事，那代价太大了！我白天胆战心惊，夜里做噩梦，梦见上课时房子突然塌下来，娃子们都被压在下面，醒来后一身冷汗。刚才，省台天气预报说，明天有暴风雪，而且会连续好几天，我怕这场风雪会给娃子们带来灭顶之灾，所以就自己导演了这场悲剧。我只要撞倒那根支撑大梁的柱子，房子就一定会倒，造成安全事故，加上舆论压力，我们学校的新校舍一定能早日建成。

前不久我查出了肺癌，最多还能活四个月，反正是死，死不足惜，如果不能让娃子们彻底脱离危险，我死不瞑目。现在，我也算死得其所，死而无憾。

那个提供线索的电话就是我打的。我病得很重，已经没了力气，估计打过电话后，自己要撞倒那根柱子，得花一点时间，这时间上的矛盾，细心的你一定会怀疑。

要过年了，各级领导都怕出乱子，这正是解决问题的好时机，希望新校舍的建设费，能在过年前就到位。款子一旦到位，就请你公开真相。领导有领导的难处，我不能拖累他们，更不想让他们为这样的事故担责任，拜托你了！

许青石　绝笔

小袁读完这封信，心如刀绞，他做了这么长时间的记者，也算"资深"了，见过的稀奇古怪、触目惊心的事儿也不算少，有了一定的承受力，可那一刻，他却震撼不已，更不知道该怎样去报道了。

当小袁又一次赶到许家坳小学时，看到现场已经清理干净，吴乡长正在现场办公，他对小袁说："县里和乡里已经拿出十八万元交给学校，可以确保建房资金到位，天晴就开工。许校长是因公殉职，该给的补偿政府都会给的，县里也给了我处分，群众基本满意。"

想起许校长的嘱托，小袁觉得应该公开真相了，于是声音颤抖着说："吴乡长……事故的真正原因……"

吴乡长突然打断了他的话，哽咽着说："袁记者，明天要安葬许校长了，大家都想请你来参加葬礼，你有空吗？"

小袁点点头，他想，要不就等葬礼后再公开真相吧。

吴乡长叫小袁到他的车上坐会儿，小袁心里猜测道：莫非是他想让自己在报道的时候不要写得太过分？想到这些，他心里徒增了几分反感，有些不情愿地上了车。

没想到，吴乡长的一番话，再次让他目瞪口呆："袁记者，有些话你能不说吗？其实后来在清理现场的时候，我们已经看出了破绽。许校长身边有一把大锤，那根腐烂的支柱上，留下了明显的锤击痕迹……我觉得现在这样处理挺好的，许校长的确是英雄，发生现在这样的事，的确也是我的责任，我惭愧啊。"

这一刻，小袁觉得这个事件已经不需要报道了，就让一切静悄悄地过去吧。

（袁　翼）

（题图：安玉民）

最后一瓶牛奶

天还没亮,克劳斯就驾着他的小型送货卡车,给订户们挨家挨户送牛奶。

克劳斯在本尼乳品公司工作,这个公司在美国东南部规模最大,最近爆出了一条轰动新闻:三个月前,本尼先生的乘龙快婿副总裁查尔斯·曼宁,因与女秘书有染,本尼小姐断然与他离了婚,并取而代之重新登上了公司副总裁的宝座。

没多久,喜欢晨跑的本尼小姐就注意到了克劳斯,并喜欢上了他。上个星期,本尼小姐告诉克劳斯,她已经向董事会推荐他出任销售部主管的职位。这令克劳斯欣喜若狂,登上这步台阶之后,他距离本尼公司的上层就不会太远了。

可是，自从与本尼小姐结识之后，他的心头就一直萦绕着一个阴云，挥之不去。他已经将这个问题考虑了许多遍，却始终找不到最好的解决办法。

原来，两年前的一个早晨，克劳斯像往常一样上门给顾客送牛奶。他来到一位新顾客玛丽莲·米勒的家门口，发现她正醉卧在门外，就将她摇醒，替她拿出钥匙，打开房门，把她扶了进去。玛丽莲是一个酒吧女，生性放荡，而且酗酒，每天都是深夜才回家。在那之后，克劳斯又有几次碰到玛丽莲醉卧在她自己的家门口，不久以后，克劳斯就有了玛丽莲的房门钥匙。从此，每天早晨送奶到她家，他总是用他自己的钥匙打开房门，将牛奶放到玛丽莲的床头柜上。

克劳斯和玛丽莲的交往一直是你情我愿、没有约束的。他们谁也不必对谁负责任，谁也不会干涉谁的私生活。然而现在，克劳斯有了本尼小姐这个高枝上的金凤凰，当然不能再和玛丽莲厮混了。于是，他向玛丽莲提出了分手的要求。不料，玛丽莲一反往日的柔情蜜意，向他索要20万元的"青春费"，否则，她就会把他们之间的私情告诉本尼小姐，她知道本尼小姐最痛恨男人不忠实。

这一招实在大大出乎克劳斯的意料之外。

从那以后，玛丽莲一直对克劳斯纠缠不休，但是每次，克劳斯总是说手头紧，钱还没有凑足。而且，克劳斯再也不进玛丽莲的家门了，牛奶总是放在门外的奶箱里。

可是，这件事情再也不能敷衍下去了。昨天，本尼小姐已经告诉克劳斯，他今天可以走马上任了。这也就是说，今天是他最后一天上门送牛奶了。听了这个消息，克劳斯的心里是又喜又忧，喜的是自己终于不做"送奶工"，登上了通往上层社会的阶梯；忧的是玛丽莲就像一枚重磅炸弹,随时都有可能将他炸得粉身碎骨。昨天晚上,他考虑了一夜,终于决定动手除掉她。

现在,他已经送完了线路上的所有牛奶,最后一站就是玛丽莲的家了。

克劳斯将车停在玛丽莲的公寓楼下,从奶箱里拿出最后一瓶牛奶,走进了公寓楼。他知道,自己在此停留的时间不宜过长,因此,他必须速战速决。不过,他不知道玛丽莲的手中有没有留下什么证据,她上次似乎话里有话。这个女人阴险得很,这一点不可不防,所以他决定再试探试探她。

电梯很快到了七楼,克劳斯用自配的一把钥匙打开了玛丽莲家的房门。为了麻痹玛丽莲的戒心,同时也为了节省时间,他像过去一样拿着牛奶直接走进玛丽莲的卧室。

"玛丽莲!"他轻声唤道。

"噢,你来了!怎么样,这次没话说了吧?"迷迷糊糊的玛丽莲一看见克劳斯,立刻清醒过来,得意地说道。

"我考虑过了,我们认识这么久,一向都很愉快,何必闹得这么僵呢?其实,你也没有掌握什么有力的证据,就算你胡说八道,也不一定有人相信。这样吧,20万元太多了,我给你5万元,这件事就算结束了。你认为怎么样?"克劳斯冷冷地说。

玛丽莲惊讶地看着克劳斯,然后,她看见了克劳斯手中的牛奶。

"5万元就想打发我?"玛丽莲接过牛奶,一边开盖子,一边冷笑着说。"你又没有什么证据,僵持下去对你没有好处。"

"克劳斯,你以为我是要饭花子吗?告诉你,给本尼小姐的照片我都准备好了,喏,就在抽屉里锁着,我的摄影技术可能没有你好,但我比查尔斯·曼宁的女秘书可要漂亮多了。"

该死的!她果然有证据。

克劳斯怒不可遏,掏出早就准备好的无声手枪,后退两步,对着她的胸口,"砰砰"就是两枪。玛丽莲的胸口血流如注,手中的牛奶瓶掉在地上,摔得粉碎。

几分钟后,克劳斯从抽屉中拿出一包装着照片的纸袋,夹在腋窝下,走出了房门……

天还没有亮,克劳斯坐在驾驶室里,抬腕看了看表,发动了汽车。他用去了15分钟,比预料中的多用了5分钟,但是没有关系,他今天比平时提前了20分钟,因此,这点儿耽搁不会影响到整体的时间。玛丽莲的住处在他送奶路线的中段偏远一些。她被杀的时候,他应该正在给最后几位顾客送牛奶,这就在时间上排除了他在现场的可能性。而且,他们的交往一直是很隐秘的,玛丽莲有许多男朋友,没有人会怀疑到他的身上。他在离开之前,已经将他可能留下的所有痕迹抹得一干二净。

简直就是天衣无缝!克劳斯一边驾驶着汽车,一边冷冷地想……

下午,克劳斯与本尼小姐在一家酒店用完餐,然后回到自己的办公室,兴奋劲还没过,就有人敲门了,来人是两名警官,他着实大吃一惊。

两名警官,一个叫杰拉尔德,另一个是他的助手克拉克。杰拉尔德警官将玛丽莲的照片摆到了他的面前,问:"你认识这个人吗?"

"认识,这是我的一位顾客,米勒小姐。"克劳斯镇定自若地说。

"你是怎么认识她的?"

"我不大认识她,只是在送奶的时候,碰到过她一两次。不知道你们为什么要问这个?"克劳斯自认为这样的回答合情合理。

杰拉尔德警官面无表情地说:"她今天早晨被人杀死在卧室里。"

克劳斯假装同情地说："噢，真是太可怕了！"

"克劳斯先生，你认识这个吗？"杰拉尔德警官用目光向他的助手克拉克警官示意了一下。克拉克警官从他的公文包里拿出一个塑料小袋，在克劳斯的面前晃了晃。

塑料袋里装着的是一枚钥匙——玛丽莲家的房门钥匙。

克劳斯大惊失色。不可能呀，自己的钥匙早就和那把手枪一起被自己弄得支离破碎、面目全非，并且神不知鬼不觉处理掉了，他们不可能找到它。

"不，我不认识。"克劳斯矢口否认，但他的额头上已经渗出了汗珠。他隐隐约约觉得，似乎有什么地方出了差错。

"那么，你总认得这个吧？"克拉克警官又拿出一个信封，放在他的眼前。

信封上清楚地写着："克劳斯先生"收。克劳斯想起了早上他从玛丽莲抽屉里拿走的那个信封，立刻知道信封里面装着的是什么东西了。

两名警官对视一眼。克拉克向杰拉尔德点了点头，从信封里抽出一张便条，读了起来："克劳斯：亲爱的，你认为这些照片值不值20万元呢？你的钥匙还在这儿，只要你愿意，可以随时来找我。不过，我的耐心是有限的。爱你的，玛丽莲。"

"怎么会这样？"克劳斯脸色惨白，呓语似的说。

"克劳斯，你的确很狡猾，抹掉了一切痕迹。但是，你犯了一个致命的错误。你没有将牛奶放在门口的奶箱里，而是直接拿进了玛丽莲的卧室。这本来不能说明什么问题，但是，"杰拉尔德警官冷冷地说，"信和钥匙放在奶箱里，事情就完全不一样了。"

"信和钥匙放在奶箱里？"克劳斯不相信地说。

"是的!你因为没有打开奶箱,所以没有看见这些东西,而把证据留给了我们。"杰拉尔德眼睛里带着讥讽。

"我说她当时怎么会有心情喝牛奶呢,她是怕我把牛奶放回奶箱!原来,她已经察觉……"克劳斯绝望地说。

"克劳斯先生,我们有充分的理由怀疑你谋杀了玛丽莲·米勒,希望你跟我们回警局协助调查。"杰拉尔德警官冷冷地说。

克劳斯浑身瘫软,一屁股跌坐在椅子里……

(李荷卿)
(题图:箭　中)

计中计

珍妮是个全职太太,丈夫约翰是个身手不凡的高级警探。夫妻俩住在城郊的一所小公寓里,虽不富裕,倒也过得平淡自在。

可就在最近,珍妮的脸上布满了愁云,变得少言寡语起来。细心的约翰察觉了妻子的变化,担心不已。

这一日,已是深夜了,珍妮正要睡去,约翰一只手搂住了她:"亲爱的,告诉我你的心事好吗?要知道,看着你不快乐的样子,对我真是一种折磨。"

珍妮沉默着,忽然呜呜地哭了起来。

约翰情知不妙,一再追问,珍妮终于哽咽着说,邻居彼得经常骚扰她,有几次甚至趁约翰外出之机企图侵犯她。

"这个老畜生！"约翰一拳砸在墙上，双手暴起条条青筋，"你等着，我这就去收拾他！"说着，他一个翻身，披上长大衣，推门冲了出去。

一个多小时过后，约翰心满意足地回来了。他宽衣躺下，抚摸着被窝里不安的珍妮，说："宝贝，我已经狠狠地教训了他，以后他再也不会在你眼前出现了，放心吧。"珍妮终于放下心来，两人很快甜甜地睡去。

"砰！砰！砰！"一大清早，两人被重重的敲门声惊醒了。约翰下床一开门，只见老同事托尼和两个警员站在门口。

约翰诧异地问道："伙计，今天我放假，你们忘了？是不是又出了什么棘手的案子？"

只见托尼扬了扬手中的一张纸："约翰先生，你被捕了，我们有足够的证据怀疑你谋杀了你的邻居彼得，你可以不说话……"

"什么？"珍妮颤抖着问约翰，"你……你把他杀了？"

"没有！我没有杀他！我只是教训了他一顿而已！"约翰也是一脸的惊慌失措，"托尼，你不是在开玩笑吧？"

托尼一脸严肃："彼得真的死了，今天一早给他送牛奶的人来报的案。经过现场勘察，我们发现许多地方都有你的指纹和脚印，甚至死者的腮下、脸颊上还有你的皮肤纤维；此外，死者所中的子弹，和你的佩枪匹配，更重要的是，有目击证人证明，你在彼得的死亡时间范围内，也就是凌晨一点到三点这段时间内出现在他的别墅门外。"

"我没有杀人！托尼，相信我，我只是打了他几拳！"约翰情绪失控，紧紧抓住托尼的衣领。

"冷静点儿，伙计，我相信你又有什么用呢？你是警察，你应该明白现在所有的证据都对你非常不利。"托尼无奈地摇着头，"先跟我们回警局再说吧。"随即一挥手，身后的警员拎着手铐走上前来。

"不!"约翰一声大吼,猛地挥出两拳,又是一个扫堂腿,托尼和两名警员应声倒地。约翰一把拉起珍妮夺门而出。

跑了好一段路,珍妮喘着粗气停了下来:"我跑不动了,约翰,还是去警局吧,我不想以后都过着东躲西藏的日子。"

"我不能回去!"约翰疯狂地抓着自己的头发,像只无助的困兽,"他们铁证如山,我会坐牢的!"

珍妮的眼里淌出了泪水:"自首吧,亲爱的,不管十年、二十年,我会一直等你的……"

"我没有杀人!我不能坐冤狱啊,你明不明白?"约翰使劲摇着珍妮的肩膀。

这时,周围忽然警笛大作,一眨眼的工夫,数辆警车已经将他们团团围住,托尼带着多名荷枪实弹的警员赶到了。

"约翰,你已经被包围了!不要再做无谓的抵抗。"托尼指挥着警员,十几把枪齐刷刷指向了约翰。

约翰猛地从怀里掏出手枪,一只手箍住了珍妮的脖子,另一只手用枪指着她的太阳穴:"你们都别过来!"

托尼大吼:"约翰,你疯了?她是你老婆!"

约翰的心抽搐了一下,低头一看,珍妮早已泪流满面:"约翰,你是不是连我也想杀?"

"对不起,珍妮。"约翰痛苦地闭上了双眼,缓缓地扣动扳机——就在这一瞬间,托尼的枪响了,子弹准确地从约翰的眉心穿过,珍妮仰天发出了一声撕心裂肺的尖叫……

约翰的丧事过去几个月了,珍妮的心情亦渐渐平复。这天傍晚,珍妮正在准备晚饭,又是一阵急促的敲门声传来。开门一看,又是托尼,不过这次只是他独自一人而来。

托尼一进门，就神神秘秘地问："钱到手了吧？"

珍妮一愣："钱？什么钱？"

托尼嘿嘿一笑："记得以前约翰跟我说过，干我们这行是提着脑袋过日子，说不定哪天就一命呜呼了。所以，他早早就给自己上了重金保险，只要他一出事，他的妻子就可以得到一大笔赔偿。"

珍妮这才明白过来，尴尬地笑笑："保险公司前天已经把钱送过来了，谢谢你的关心。"

"不错，约翰的保险金是应该由妻子获得。但是……"托尼沉吟了片刻，说出了一句石破天惊的话，"如果约翰是被他的妻子亲手害死的呢？"

珍妮心中猛地一惊："托尼，你说什么呢？我不明白。"

"太太，在我面前就不用演戏了。"托尼紧紧盯着珍妮的双眼，"约翰正是掉进了你精心布置的陷阱里。"

托尼犀利的眼神使得珍妮的脊背直发凉，但她很快就镇定下来："托尼，如果你再乱说话，我这里可就不欢迎你了。"

"乱说话是吗？那我重复一遍你的计划好了。"托尼冷笑着，"你哄骗约翰去打彼得，让他在现场留下指纹和脚印。等他回来睡下之后，你换上他的大衣、皮帽和皮鞋，还戴上了手套，用他的枪去杀死彼得。你还没忘记故意在离开时让人'目击'你的出现，好让他帮你'指证'约翰，对吧？"

"你胡说！"珍妮气急败坏地嚷道，"难道你认为我会为了保险金害死自己的丈夫吗？"

"当然不只保险金，还有老彼得的一大笔遗产。"托尼一字一句地说，

"你撒了谎,并不是老彼得调戏你,你根本就是老彼得的情妇——他在这个世界上唯一亲近的人。当你知道老彼得是个腰缠万贯且孤身一人的老富商之后,就主动投怀送抱。但在不久后,你发现他只是个一毛不拔的吝啬鬼,只许诺让你在他死后做遗产继承人,于是你便设下阴谋,利用约翰除掉老彼得。这样,你既能得到约翰的一大笔保险金,又可以提前得到老彼得的遗产。真是一举两得!"

珍妮浑身战栗,脸刷地变得惨白:"你……你是怎么知道我们的事的?"

"老彼得在挨了约翰一顿打之后,担心再遭不测,立刻立下了一份遗嘱,在遗嘱中他说明,已经委托律师在他死后将遗产全部转入他的至爱珍妮的名下。但是……"

"哈哈哈……"珍妮猛然发出一串狂笑,打断了托尼,"佩服,佩服,不愧是神探托尼,比起约翰那个头脑简单的家伙强多了。我的一切都被你看透了,但是,就算我承认了又怎么样?这一切都只是你的推论而已,那份遗嘱充其量只能证明我对约翰不忠。至于我谋杀了老彼得,你根本一点证据都没有!"

"我的话还没说完呢,今天我给你带来了份礼物。"托尼说着,掏出一盘录音带,插入客厅的录音机,按下播放键,只听老彼得的声音传了出来:"啊!珍妮,是你!你拿着枪想干什么?"接着是珍妮恶狠狠的声音:"老东西,跟了你这么久,我却仍然一无所得!是该你松手的时候了,让我来终结你吧!顺便终结了我那无能的丈夫!"只听见"嗖"的一声闷响,老彼得发出一声低沉的哀号……

"你一定没有想到吧?"托尼望着目瞪口呆的珍妮,得意地说,"老彼得是用录音的方式留下遗嘱,可当他刚录完音,还没来得及关上录音机的时候,乔装的你就迫不及待地登场了。"

珍妮终于低下了头,双手无力地垂了下来:"我输了,我输得一败涂地。但我不明白的是,为什么你不把这盘录音带公开出来?"

"因为约翰必须死!"托尼狞笑着道,"约翰平时在公事上就一直和我作对,他还掌握了我大量贪污、舞弊和受贿的证据,我正苦恼着没有办法解决他。上帝对我太好了,居然有人帮我设下这么完美的陷阱,让我可以名正言顺地杀人灭口。现在,你别无选择,马上把约翰的保险金,还有你不久后可以拿到的老彼得的遗产一分不少地交到我手上,否则,你只能坐上电椅去见你的约翰和老彼得了!"

珍妮感觉自己好像一片秋天的落叶,天旋地转,软绵绵地瘫倒在地上……

(改编:林　涛)
(题图:佐　夫)

是谁杀害了海伦

　　一个风雨交加的夜晚,小镇出了件凶杀案:海伦让人杀害在她车库前的工作台边。警长赶到现场,看到尸体旁有一根两英尺长、沾满血迹的铁管。

　　一天过去了,案件一点进展也没有,到了傍晚,警长又来到海伦家附近,希望能找到一点蛛丝马迹,却意外地在车库旁边碰到艾德加夫妇牵着狗在散步。

　　警长问道:"海伦死了,昨晚你们有没有注意到什么反常的事情?"

　　艾德加吃惊地说:"她死了?这太可怕了,也真是个损失,她可是个大美人儿。"

　　"她是被谋杀的,"警长说,"你们和她熟悉吗?"

"被谋杀!"艾德加吃惊地重复着警长的话。

艾德加太太不高兴地说:"当然不熟悉,她和我们不是一路人,她对附近的每个男人都投怀送抱,这种事没有早些发生,我才奇怪呢。"

警长追问:"每个男人?艾德加太太,你知道具体是哪些人吗?"

艾德加太太说:"说实话,我没亲眼看见她和哪个男人在一起。不过我敢肯定,有这样风骚的女人在这里,就没有一个女人的丈夫是清白的。"

警长又问了几个问题后返回警署,正好碰到手下的警员带回了两个人,一个叫休伯特的男孩和他母亲。

这个休伯特是个智障患者,平时经常到海伦家去玩,现在警员把他带回来调查,他母亲不放心,坚持要跟着来。

"休伯特,你认识海伦吗?"

休伯特脸上显出幼稚的微笑,点点头:"我喜欢她,她常让我在她的车库里做东西,有时候我们一起喝巧克力茶。"

"你晚上去过她的车库吗?也许昨晚你就去啦!"

"有时候去过,我不记得了。"

"休伯特,"警长问,"你怎么把手弄破了?什么时候弄破的?"

休伯特看看自己的手,绷起脸说:"我不知道,也许是我爬公园的树时弄伤的。"

"听着,"警长温和而坚定地说,"海伦昨晚被人杀害了。你喜欢她,但你没有伤害她吧?"

休伯特的两只眼睛转动着,很孩子气地说:"我要回家。"

警长见问不出什么,于是决定和他母亲谈一谈。"您能告诉我您儿子的具体情况吗?"

"休伯特十九岁,但是智力只有五六岁孩子的水平,"休伯特的母亲疲乏地说,"他很善良,没什么坏心眼儿。我儿子不可能做出那种事。"

"休伯特昨晚出门了吗?"

她叹了一口气,泪水滚落下来,说:"我阻止不了他,昨天他很晚还冒着大雨出去,我也不知道他去哪儿了。"

史蒂夫警长站起来说:"我知道你相信自己的儿子,但我必须暂时把他留在这儿,找一位合适的医生和他谈谈。我们会好好照顾他的,你随时可以见他,好吗?"

休伯特的母亲勉强地点点头。

第二天,警长又驱车来到海伦的住处,竟又意外地遇到了艾德加和他的狗,当他们互相点头打招呼时,小狗突然努力地拽着皮带,想要冲向海伦家的车道,艾德加则使劲地把它拉住。

警长立刻警惕地问道:"你的小狗似乎很想转进这条车道,那是它散步的路线吗?"说着,从艾德加手里接过拴狗的皮带,"我来试试。"

他跟在小狗后面随意往前走,小狗居然毫不犹豫地跑到车库前,然后后腿站立起来,前爪伸向工作台。

史蒂夫警长把狗拖到工作台上,它立刻满意地蜷成一团躺在那儿。警长抬眼看看窗外,从他站立的地方正好可以看见对面的海伦的卧室。

艾德加还想解释什么,警长强硬地说道:"我会叫人通知你太太的,你有什么话到警署再说吧。"

在问讯室里,警长单刀直入地问:"你和海伦是什么关系?"

"我们之间没有关系,"他差不多是在尖叫,"我几乎不认识那女人。"

警长并不理睬他的话,接着说:"现在我告诉你我的想法:你每天晚上牵狗散步,都要悄悄溜进海伦家的车库,从那儿窥视她。你自己说过,她'是个大美人儿',但这一次她正好来车库查看,惊异地发现你在偷看,于是你在惊恐中杀了她灭口!"

艾德加低声说:"警长,我承认我曾偷看过,但是,我没有杀她!我发誓,我碰都没有碰她!"

就在这时,艾德加太太拖着拖鞋闯进来,嚷着:"你们把我丈夫怎么了?"

警长说:"我们传讯你丈夫,你得在外面等着,艾德加太太。"

这女人尖叫道:"他什么也没做,你们不该这么对待他!"

正在这时,休伯特的母亲哭泣着要求带儿子回家。

警长点头说道:"好,你先把他带回去,有事我们再找他。"休伯特的母亲立刻高兴地转身离开,去领他的傻儿子了。

没过多会儿,休伯特站在门边向里看,说道:"再见,警长,妈妈说我现在可以回家了。"当看到艾德加太太时,他友好地说,"艾德加太太,你也在这里呀。你好!我希望艾德加先生的感冒好些了。"

艾德加粗声粗气地说:"我没有感冒,孩子。"

"那天晚上艾德加太太说你感冒了,"休伯特脸上是一副善良的表情,"我只是想问问你是不是好些了。"

"警长,让这孩子走开,否则我要找律师了。"艾德加太太突然激动地说。

警长举起手说:"先别着急,艾德加太太。"他走过去,耐心地问休伯特:"好好想想,休伯特,艾德加太太什么时候告诉你她丈夫感冒了?"

休伯特说:"下大雨的那天晚上,她从海伦的车库出来,跟我说艾德加先生感冒了,不能出来遛狗,她不得不独自牵狗出来。而且她的手好像被什么东西碰伤了,不知道她是不是也爬了公园的树。"

真相大白,艾德加太太只好脸色苍白地招认,是她杀了海伦,因为她受不了自己的丈夫每天去偷看这个女人。

(郭荣立)
(题图:佐　夫)

手脚不干净的人

达文是个 21 岁的小伙子，刚刚工作，看见同事个个都是名牌加身，他心里十分羡慕。可凭自己现在这点薪水，怎么买得起那么贵的衣服呢？

一个周末，达文在街上闲逛，突然看见帕克服装店的橱窗里陈列着一件意大利皮夹克。那款式，那颜色，那质地，都是没得挑的，而且还是大名牌呢！想象着这件衣服穿在身上那温文尔雅的感觉，达文美极了。可低头一看自己穿了三年的冒牌皮夹克，考虑到自己囊中羞涩的窘境，达文心里无比惆怅。

不行，我不能空手离开这里，我必须得到它。达文实在是太喜欢这件皮夹克了，于是决定铤而走险。

进入商店后，他旁若无人地从几名身穿制服的保安身边走过，径直走向大型皮衣展示台。他精心挑选出那件和橱窗里一模一样的巧克力色皮夹克，拿在手中仔细察看。哇！好绝对是好，但价格果然贵得惊人，相当于自己几个月的薪水！

"需要帮忙吗，先生？"一名售货员走上前来，毕恭毕敬地问。

"哦，我想试试这件衣服。"说着，达文从容地举起皮夹克，在售货员眼前晃了一下。

由于是周末，商店里的人很多，售货员点了点头，就忙着招呼其他顾客了。达文不紧不慢地走进了旁边的更衣室。

他知道，商店的衣服上都有磁条，这些磁条会在商店门口触发探测器警报。可他早已想好了对策，脸上掠过一丝笑意。他有条不紊地检查着衣服，摘掉上面每一个有黏性的磁条，袖子上的、衣领上的、腰带上的和口袋里的，无一漏网。为了保证万无一失，他又仔细复查了两遍，确定真的没有了后，才很满意地把衣服往自己外套下面一塞，接着大模大样地走出了更衣室，朝装有探测器的前门走去。

哈哈，上帝保佑，没有人注意到他的行动。达文心想：再有几秒钟，我就自由了！

可还没来得及高兴完，突然一阵尖利刺耳的警报声响了起来，达文吓得僵住了。一个强壮的保安不知道从什么地方钻了出来，他一把抓住达文脖颈后面的衣服，说道："站住，孩子。让我们看看什么东西把警报器弄响了。"

达文实在有点摸不着头脑了：难道我没有拿掉所有的磁条吗？怎么会有漏掉的？我已经检查过好几遍了呀。

当保安开始搜他身的时候，他一言不发地站立着。保安拉开达文那件臃肿的外套上的拉链，抽出那件偷来的皮夹克，失望地看了达文一眼，说："孩子，你真的以为能带着偷来的东西离开吗？那些磁条只是陷阱而已。"

保安的手在夹克上摸索着，突然，他惊叫一声："怎么回事？"接着，他又摸了一遍夹克，随后用眼睛死死盯着达文，一字一句地说，"上面没有磁条。"

达文也无法相信眼前的一幕。他的大脑在飞快地思考着：如果他像保安证实的那样取掉了所有的磁条，那么警报器为什么会响呢？这不合情理啊。

于是，达文赶紧抓住机会说："售货员取掉了磁条，也许是你们的探测器出问题了。"

保安显然不相信达文的话："你偷了这件衣服，是吗，孩子？"

达文决定继续撒谎："没有，先生，这件衣服是我为我兄弟买的。他在街上等我，我不想让他看见我买的是什么。"

保安摇了摇头问："有发票吗？"

达文耸了耸肩说："被我丢了。"

"好吧，我们再来试一下。"保安把衣服放到陈列柜上，然后从警报器面前经过。做完这些，他转身向达文招了招手说："请从警报器旁边走过去，孩子。"

达文照做了。突然，警报器再次响起。保安把达文拉回商店，他挠了挠头，上下打量达文，目光集中在他那件旧衣服上。

"你还偷了别的什么吗？"

"没有！"其实达文也很奇怪，他怀疑是否有一个磁条卡在了自己的衣服里面。

这时,保安又发出了新的命令:"好吧,孩子,脱掉你的衣服,再从探测器前面走过去。"达文按照要求做了,警报器再一次响起。

"看看吧,肯定是探测器出问题了。"达文开始相信他有可能带着偷来的东西离开了,可保安又提出了新的要求:"让我看看你的鞋,孩子。"

"我的鞋吗?"这个要求不怎么可怕,达文信心十足地照办了。他把鞋子脱掉,交到保安手上。

保安把鞋翻过来,只见每只鞋的底部都粘着两个磁条。达文惊讶得嘴张得老大,一句话也说不出来。

保安笑了:"我光听说过有手脚不干净的人,从没听说过还有不干净的鞋。对不起,孩子,请跟我到警察局走一趟。"

(原作:科妮·费登)
(题图:箭　中)

神奇的嗅觉

有一家名叫"美莎"的公司,专门从事香水的研制及生产。公司里有个叫乔瑞克的小伙子,他是半个月前公司扩大生产时应聘进来的,被安排在流水线上工作。

这天,乔瑞克与公司同事汤米正在干活,乔瑞克忽然使劲地抽抽鼻子,道:"咦,怎么有一股怪味儿?汤米,你小子身上是不是有狐臭,难闻死了。"说着,用手在面前扇来扇去。

汤米嚷道:"瞎说,我才没狐臭呢。再说,车间里这么浓的香水味,你怎么闻得出其他味儿来……"

正说着,只听"哼"的一声,公司老板福雷蒙不知什么时候来了,他眼睛狠狠地瞪着乔瑞克,脸色难看极了。然后,一句话没说就走了。

老板走后,汤米夸张地大叫起来:"哈哈,乔瑞克,你小子这下惨了,你看到福雷蒙刚才的脸色吗,准是他有狐臭,你竟然当众揭老板的伤疤,哈哈!不过,你鼻子也真灵,我天天见老板,也没闻出他身上有狐臭味啊。"

果然,没过多久,老板的秘书玛琳小姐过来通知乔瑞克,说老板让他去一趟。乔瑞克只得起身,汤米在背后幸灾乐祸地说:"我说得没错吧,你准要被开除了……"

乔瑞克忐忑不安地来到老板办公室,准备挨骂,没想到福雷蒙并没骂他,反而笑眯眯地问道:"乔瑞克,你鼻子真的有这么灵?我身上确实有狐臭,但已经做了手术,医生都说效果很好。刚才我离你那么远,你居然闻到了。"

乔瑞克吁了口气,诚惶诚恐地答道:"是的,福雷蒙先生,我的鼻子从小就灵,对气味特别敏感。"说完,生怕对方不相信,又道,"福雷蒙先生,我感觉到你身上除了有你自己的气味外,还有一种别人的气味,我闻着好像是玛琳小姐身上的吧……"

话没说完,就被福雷蒙挥挥手打断了,他气恼地盯着乔瑞克。乔瑞克低下头,心想:坏了,我这人怎么老是乱说话,净揭老板的短。

没想到,过了一会儿,福雷蒙又笑了:"好样的,小伙子,从明天开始,你到公司化验室上班,我会给你很高薪水的。凭你这么灵敏的嗅觉,我们研制新产品根本用不着仪器了。"

乔瑞克不敢相信自己的耳朵:"化验室是公司最重要的部门,工作轻松,而且待遇特别高,我……"

福雷蒙打断他的话头,叮嘱道:"化验室是公司最重要的部门,里面的一切都是公司最高机密,有许多事让你怎么做你就怎么做,只做别问。这一点一定要记住,我现在就带你去化验室。"

走进化验室，乔瑞克见台面上摆了许多仪器，几个穿白大褂的正在操作。他还看到有许多器皿，器皿里装有一种白色的粉末。

乔瑞克拿起一瓶在鼻下闻了闻，不由惊叫道："福雷蒙，这……这是不是海洛因？"

福雷蒙沉着脸，阴森森地说道："我不是告诉过你，只用干活，什么也别问吗？放心，只要你好好干，到时我不会亏待你的。"

乔瑞克明白了，原来美莎公司打着生产香水的幌子，暗地里却在生产毒品。但他知道，既然已经知道了公司里的秘密，就别想洗脱干系，只有加入他们的队伍，乖乖为他们卖力了。一旁的福雷蒙仿佛看透了乔瑞克的心思似的，阴险地笑了。

也别说，自从乔瑞克来到化验室，靠着他灵敏的嗅觉，很快就生产出一批高纯度的海洛因，这比以前借助仪器化验的效率高多了，福雷蒙很是满意。

这天，乔瑞克一个人住宿舍里，忽然嗅出门外有人，他警觉地喝道："谁？"

只见同宿舍的汤米笑嘻嘻地进来，说是福雷蒙让他出去一趟。自从走上这条路，乔瑞克时刻觉得有人在盯着自己，见是汤米，他暗暗吁了一口气。

福雷蒙让乔瑞克陪着去与一个客户接头。临走时，福雷蒙交代，这次是和客户进行交易，要特别谨慎。

他们来到一家名叫夜玫瑰的酒吧，进入包厢，早有一个胖子等在那里。

坐定后，双方寒暄了一阵，正准备切入正题，乔瑞克忽然抽抽鼻子，嗅了嗅四周，紧张地说道："不好，有一股杀气。"

听了这话,大伙一愣:"什么杀气?"

乔瑞克屏息静气又嗅了一会儿,道:"我闻到一股弹药味,可能有警察过来了。"

那个胖子笑了:"小老弟,我们这次可是秘密行动,并没有透露消息,再说,就算有警察有弹药,凭你这个鼻子也不能闻出来啊,别疑神疑鬼的。"说着,站起身走到窗口向下看。

这一看不打紧,胖子脸色立即变了,结结巴巴道:"糟了,真的有警察过来了,已经将夜玫瑰包围了。"

包厢里的气氛立刻紧张到极点,要知道贩卖毒品可不是闹着玩的。谁知,这时福雷蒙却笑了:"放心吧,我们都是守法良民,让他们来搜好了。"

果然,大队警察进来搜了好一阵,什么也没发现。

警察走后,乔瑞克疑惑地问:"这是怎么回事?"

福雷蒙抽拍他的肩,哈哈笑道:"乔瑞克,只是想考验考验你。"

"考验我,考验我什么?我不知道你在说什么。"乔瑞克抹了脸上的一把汗,迷糊了。

福雷蒙看着他,又道:"做我们这一行,最怕有警察卧底了。因此,我开始怀疑你是警方派来的,但经过刚才的考验,发现你非常合格,很好。欢迎你正式加入我们这一行。"说完,他端起酒杯说,"来,我敬你一杯。乔瑞克,这种酒叫红丁玛瑙酒,只有在这家酒吧才有卖的,味道棒极了。我们干杯!"

乔瑞克愣愣的,还没有回过神来,听了福雷蒙的话,只得端起酒杯一饮而尽。

果然,经过这次事件,福雷蒙很是看重乔瑞克,走到哪儿都带着他。

又过了一段时间,福雷蒙交给乔瑞克一把枪,道:"你准备一下,马上跟我出去，这次有笔大买卖。"

在车上，福雷蒙叮嘱，这次是同一个毒品供货商见面，要进一大批未经过提炼的毒品回来加工，要乔瑞克见机行事，机灵点儿。

车子开到郊外，果然有几个彪形大汉等在一棵大树下。他们走下车，对方一个满脸都是刀疤的大汉傲慢地问道："钱带来了没有？"

福雷蒙拍拍密码箱，反问道："货呢？"

刀疤脸使了一个眼色，另一个大汉拎出一个旅行箱道："在这里。"

福雷蒙正要将密码箱递过去交换，乔瑞克忽地拦住他，说："等一等，货可能有问题。"接着，他使劲地抽抽鼻子，又说，"福雷蒙，这个箱子里装的全部是假货，千万别上当。"

听了这话，刀疤脸冷笑道："小子，凭什么说我这是假货？"

乔瑞克针锋相对反击道："就凭我这只鼻子，你敢不敢打开箱子当面检验？"

刀疤脸愣了一下，随即换上笑脸，说："好样的，你这鼻子比狗都灵啊。"说着，又从身后拎出一个旅行箱，"你再闻闻这个如何？"

乔瑞克也笑了，对福雷蒙点点头道："这个是如假包换的真货。"

双方正要交换手里的箱子时，从树林中冲出几条黑影："不许动！我们是警察。"

说时迟，那时快，只见刀疤脸和他的手下以及福雷蒙立即掏出随身携带的枪支，与警察开起火来。他们都明白，一旦被抓起来，肯定没有好下场，与其坐以待毙，不如拼了，兴许还能捡回一条命。

交锋中，福雷蒙和乔瑞克果真杀出一条血路，逃了出来。福雷蒙一边跑一边埋怨："乔瑞克，你这次怎么回事，竟然没闻出弹药味来？"

乔瑞克立住身子，语气冷冷地说："福雷蒙先生，站住，别费力了。"

福雷蒙猛地站住,浑身抖了一下,慢慢转过身,只见乔瑞克手上乌黑的枪口正对着自己。他咆哮道:"乔瑞克,你疯了吗?我是你老板……啊,我明白了,你是警察?"

乔瑞克讥讽道:"对不起,福雷蒙先生,你猜错了,我不是警察。不过,虽然我不是警察,但我是卧底,因为你的毒品害得我家破人亡,你知道吗?我一直怀疑你在制毒,混进你的公司正是想获得你制毒的证据。上次在夜玫瑰酒吧算你命大,今天终于让我抓住你的证据了,我要将你这个恶棍送进监狱,那里才是你该去的地方。"

没想到已经成了瓮中之鳖的福雷蒙这时却狞笑道:"小子,上次在夜玫瑰酒吧,偏偏那么巧就有警察找上门来,从那时起我就开始怀疑你。留你在我身边这么久就是想利用你的嗅觉帮我制造毒品,但没想你这么快就露出了尾巴。别忘了,这把枪是我给你的,你以为里面有子弹吗?哼!"

原来,上次在夜玫瑰酒吧,乔瑞克偷偷报了警,想将他们人赃俱获,到了地点他用鼻子一闻,才发觉狡猾的福雷蒙根本没带货,于是干脆假戏真做,提前告诉他们警察来了,却没想到自己早就被怀疑了。

乔瑞克一下呆住了,福雷蒙趁他一愣神的片刻,夺命而逃。乔瑞克下意识地扣动扳机,果真没子弹,他拔腿就追,却哪里还赶得上,福雷蒙已经逃得无影无踪了。

到警察局一打听,刀疤脸他们已被抓获。回到家后,乔瑞克懊恼得直拍自己的脑门,怪自己太大意,让福雷蒙逃走了。

这时,电话响了:"乔瑞克,你小子听着,你坏了我的大事,总有一天,我会要了你的命。"

一听对方是福雷蒙,乔瑞克赶紧答话:"福雷蒙,别那么猖狂了,十分钟之后，我就会抓住你，我会送你上断头台的。"

"哈哈哈！"电话那头狂笑着，"十分钟？你别傻了，给你十天你也未必能抓住我。哈哈哈……"

十分钟后，乔瑞克持枪冲进夜玫瑰酒吧的包厢。包厢里，一个女人正陪着福雷蒙在喝酒，看到从天而降的乔瑞克，福雷蒙惊愕得张大嘴巴，完全不敢相信这是真的。

这时，一个硬邦邦的物体顶住乔瑞克的腰："别动！"

听声音，乔瑞克不用回头也知道，在身后拿枪顶着自己的人是以前在美莎公司的同事汤米。

福雷蒙见没有警察，只有乔瑞克一人，不禁得意起来："汤米，你很忠心，但你不要紧张，他手里的枪没有子弹。"

乔瑞克握着手里的枪没动，冷笑道："福雷蒙先生，你为什么不问问汤米手里的枪有没有子弹？"

汤米与福雷蒙同时一怔，汤米扣动扳机，果真没听到枪声。只听乔瑞克又道："汤米，我早就怀疑你是福雷蒙派到我身边监视我的，你枪里的子弹早就被悄悄卸下了。"

接着，乔瑞克又对福雷蒙道："现在你还敢说我的枪里没有子弹吗？要不要试试？"

此时，汤米与福雷蒙已经吓得浑身筛糠般颤抖。汤米早已瘫在地上，声音里带着哭腔："你是怎么怀疑上我的？"

乔瑞克冷哼道："我嗅到了你身上有一种与福雷蒙身上一样的臭味，那是你们的良心腐烂后散发出的臭味。真没想到，你为了金钱，竟然与福雷蒙同流合污。你们等着吧，警察马上就来，你们会受到法律的严惩。"

这时，警察冲了进来，铐住汤米与福雷蒙。

福雷蒙绝望了,号叫道:"乔瑞克,我问最后一个问题,你是怎么知道我藏在夜玫瑰的?"

　　乔瑞克笑了,嘲笑道:"福雷蒙先生,这还得感谢你。我不仅鼻子灵敏,耳朵也特别好使,当你打电话给我的时候,我立刻从电话里听到了夜玫瑰才有的音乐,再说您这么喜欢喝这里的红丁玛瑙酒,怎能不来压压惊呢?"

　　听了这话,福雷蒙彻底蔫了。

(王升卫)
(题图:佐　夫)

酒后

罗拉是一位歌手，长得十分漂亮，她和三位异性朋友组成了一支爵士乐队，在酒吧里驻唱。长期以来，他们合作得非常愉快，但是，自从罗拉和萨克斯手狄克恋爱后，意想不到的灾难发生了。那天，狄克和鼓手查理斯，以及贝斯手比尔在酒吧喝酒，由于醉酒的缘故，狄克与比尔发生了争执，比尔一怒之下将狄克杀害了。

罗拉得知真相后，痛不欲生，她发誓要将比尔送进监狱，可是令人吃惊的是，开庭当天，法庭竟然宣判比尔无罪。

罗拉简直不敢相信这是真的，她对法官大声喊着、抗议着，却被身旁的查理斯制止了，罗拉提高了声音，对查理斯说："他们说谎！我有生以来头一回听说，杀人凶手会被判无罪！"

查理斯看着罗拉愤怒的样子，心里有些恐惧，他说话的语气很小心，却又很坚定："审判长已经在判决书上阐明理由了。比尔血液酒精浓度超过了0.40%，属于饮酒过量，在行凶的时候失去了主观意识，他根本不知道自己做了什么，所以……"

罗拉反问道："所以法官就判他无罪？那照这样说，酒后过失行凶不算犯法吗？"

查理斯顿了顿，说："是的，目前的法律是这样规定的，更何况比尔也只记得自己在酩酊大醉时和狄克发生了争执，至于杀人经过，他却完全没有印象，一直到第二天早晨，他发现狄克倒在自己身边，才意识到似乎是自己闯了大祸。但是，说实话，他并没有要杀死狄克的动机和理由啊！"

罗拉更加气愤了："那又怎么样，狄克已经死了，再也回不来了，可是杀人凶手却逍遥法外，这样不公平，我一定要找出证明！"

查理斯问："什么证明？"

罗拉坚定地说道："证明不管喝了多少酒，也不可能对行凶杀人的事毫无印象。"

查理斯紧皱双眉，表示怀疑。

罗拉又说："我认为即使饮酒过量，人的意识也不可能完全混乱不清。无论检察官、律师怎么说，也不管专家学者和医生怎么证明，我都不相信会出现比尔所说的情形。"

查理斯接着她的话说："你这么说是因为你很少喝酒，更没有喝得烂醉过，而且……"

"不要再说了。"罗拉甩了一下头，转身走出法院大门，"我会有办法证明的。"

查理斯看着罗拉的背影，感到一种说不出的失望，他原本以为罗拉会伏在自己的胸前放声痛哭，可是现在，罗拉似乎很坚强。

当天晚上，罗拉和查理斯回到酒吧，罗拉点了一杯纯威士忌酒，一饮而尽，然后问查理斯："你知道我现在血液的酒精浓度是多少吗？"

查理斯被问得一时语塞，罗拉接着说："现在只有0.02%~0.04%，按照法庭上的证明来说，饮酒者现在会感到全身舒服，头脑也很清楚，我现在是这么觉得的。"说完，她又要了两杯纯威士忌酒。

查理斯看在眼里十分心疼，他对罗拉说："现在你血液里的酒精浓度很高了，别再喝了。"

罗拉微微一笑，说道："也许吧，血液里的酒精浓度大概有0.07%，这种情况下，饮酒者会开始出现蒙眬的醉意，感到全身温暖。这个时候，要注意控制自己，防止意外发生。"

查理斯有些紧张，急忙制止住罗拉："不能再喝了，罗拉！"

"不，"罗拉低语着，"这可能是对酒量非常小的人做实验得出的结论。我现在没有温暖的感觉，头脑也很冷静，在这种情况下，怎么可能发生意外呢？"她又继续喝了好几杯。

查理斯看着罗拉独自买醉，心里既内疚又恐慌，他回忆起出事的那天晚上，他和狄克、比尔三人约好在酒吧喝酒，查理斯因为酒量不好，很早就倒下了。等他的意识稍微清醒时，发现自己已回到比尔的房间。当时，狄克双手紧握着酒杯，大声说道："我要同罗拉结婚了！"狄克说这些话时，引起了查理斯的妒意，同样把比尔也给激怒了，比尔醉醺醺地扑向狄克，两人在地板上扭打着，嘴里还不住地讽刺着对方。而这时，查理斯却没有力气阻止两人，他躺在沙发上，不久又昏睡过去。等他醒来时，发现四周很安静，比尔和狄克躺在地板上，狄克的脖子上缠绕着一条领带。查理斯注视着狄克，突然产生了一个邪恶的念头。他摸索着衣袋里的软皮手套，接着走近了狄克，迅速用力拉紧狄克脖子上的领带，然后，自己偷偷地从比尔的房间里溜了出来。

查理斯回想着当时的情景，不知不觉中，罗拉已经喝下了八九杯威士忌酒，她笑着对查理斯说："你瞧，现在我血液里的酒精浓度已经超过了0.40%，跟比尔一样，可我依旧很清醒呀，我的证明是对的！好了，我该回家了。"

查理斯回过神，想搀扶罗拉，可是被罗拉拒绝了，罗拉要求一个人回家，她坐上出租车，回到房间后，小心地换上睡衣，洗了脸，刷了牙，然后钻进被窝。

罗拉没有立刻睡着，而是思考着：今天晚上她很清醒，这足以证明法庭宣布的结果是错误的，如果比尔可以在神志不清的时候杀人，而且不用负责任，那么，她也要在"醉酒"后杀人。不过和比尔不同的是，她要让法庭知道，她是在头脑清醒的情况下杀人的，她要证明之前对比尔的审判是错误的！

自从判决书下来后，比尔就被送往医院，作为期半年的酒精及麻醉药物中毒的治疗。在这六个月里，罗拉经常和查理斯在酒吧见面，每次总是默默地喝酒，所以罗拉的酒量与日俱增。

一天，查理斯打电话给罗拉，说比尔出院了，要当面向她赔罪。罗拉暗喜，她终于等到复仇的这一天。于是，她约查理斯和比尔晚上在酒吧碰头。

晚上，罗拉准时来到酒吧，一进屋里，就发现了比尔。比尔满含着歉意，对罗拉微笑着，等罗拉走近他时，他双眉紧皱，并低下了头，一边绞着双手，一边愧疚地说："罗拉，实在对不起，我非常抱歉，请你原谅。"

比尔说得很诚恳，罗拉差点为他所动容，但想到狄克的死，她又坚决起来。

比尔恳切地看着罗拉，罗拉故意装出释怀的样子，对他说："都过去了，比尔，我们今晚要喝个痛快！首先是庆祝你顺利出院，接着是庆祝我们重获新生。"

比尔听了更愧疚："你这样说，我实在是……"

罗拉打断了他的话："比尔，别说了。如果我们还是朋友的话，今晚就陪我喝酒吧！"

比尔和查理斯互看了一眼，查理斯有些迟疑地说："当然可以，不过比尔刚刚戒了酒出院，要不让他喝别的吧。"

罗拉见比尔有些为难，语风一转，说："好吧，我也不勉强你。你可以喝果汁，陪陪我就行了，好吗？"

"当然好。"比尔露出一脸苦笑，"我不喝酒，不过我不反对别人喝，只是希望你保重身体。"

罗拉举起了装有威士忌的酒杯，比尔举起了装果汁的杯子，说："让我们干杯，为我们的新生干杯。"她说着闭上了眼睛，一口气喝干杯中的酒。

这个晚上，罗拉喝下了十几杯威士忌酒，查理斯和比尔为她担心起来，其实，罗拉十分清楚自己的酒量，她暗想着：现在血液里的酒精浓度已超过了0.40%，而且她的头脑非常清醒，清醒得能够举起一只花瓶砸向比尔。

就在这时，查理斯小心翼翼地对罗拉说："我们该走了吧？我看你喝得可不少了。"

罗拉顺从地点着头，说："我们走吧，你们送送我。"她站了起来，有意装作踉踉跄跄的样子，查理斯和比尔连忙上前扶着她。

一切都按罗拉的计划进行着。他们三人坐进了出租车,回到了公寓,查理斯和比尔要扶她上床,她却笑着推开了他们的手,说:"我没事,谢谢你们送我回家。你们等一会儿,我去冲咖啡。"

比尔和查理斯不得不坐下了,就在此时,罗拉举起了一只花瓶,朝眼前一个晃动着的脑袋猛力砸去,只听"嘭"的一声,她眼前一片昏暗,失去了知觉。

第二天,等罗拉醒来的时候,发现自己在医院里,她知道自己昨晚杀了比尔,因为她看到有个人,像是警察,来给她录口供。她镇定地对警察说:"我有罪,我存心要杀死比尔,他是我爱人的敌人,他杀死了我的爱人却逍遥法外,所以我要惩罚他。"她不住地急喘着。

罗拉知道自己没有生病,不愿躺在床上说话,于是起身用坚定的语气告诉警察:"我一点也没醉,我很清楚自己的所作所为。我愿意受到法律的制裁,判我刑吧。"

那人说道:"明白了,我明白你的话,现在你休息一会儿吧。"

罗拉顺从地闭上了双眼,沉沉地睡去。

那人反手把门关好,走出病房。这时,坐在病房外的比尔忙迎上来,问他:"医生,罗拉的情况怎么样?"

医生说:"她再过几天就能出庭了,到那时你再跟她见面吧!这几天你就别来了。"

比尔微微点了下头,面色显得凝重。

医生拍了拍比尔的肩,说:"你振作点儿吧,我明白你的心情,可事已至此了,你这样折磨自己又有什么用呢?"

比尔用期待的目光望着医生。

医生接着说:"不管怎么说,她会被判无罪的。尽管她自己坚持说是在头脑清楚的时候杀的人，其实，酒精已使她的意识混乱了。你看，她口口声声说她要为爱人报仇，可她杀死的却是查理斯，可见，她根本搞不清自己杀死的是谁。"

比尔无言地点着头，又回头望了一眼病房门，接着，与医生一起沿着走廊向外走去。

（改编：杨　君）
（题图：佐　夫）

死亡电波

往事惊魂

大明广告公司董事长潘汉文这两年可算是春风得意,他凭着南方人特有的精明和业务上的种种手段,年纪轻轻就使得原本不起眼的小公司一跃成为南江市著名的巨头公司。

这天,潘汉文开着刚买不久的进口跑车行驶在环城高速公路上,他打开收音机,漫不经心地听着音乐。

——现在是××公司赞助的点歌时间……

他听过这个节目,觉得办得还不错。今天播放的头两首歌是最近刚刚流行的,他不熟悉,也没有注意听。正想转台,突然从收音机里传出主持人富有磁性的声音："下面这首歌送给在南江的潘汉文先生……"

该不会是我吧！潘汉文心里猜测着。"潘汉文"这个名字虽然一般，但在南江这样的都市里，能遇到同名同姓的人，倒挺有趣的。想到这里，潘汉文不禁发出会心的一笑。

这时，主持人又说道："这首歌的名字叫《湘山之恋》，点播者是位署名为z的先生，z先生在点播信上说，点这首歌是为了纪念三年前的今天。如果潘先生正在收听我们的节目，希望这首歌能勾起你的往日情怀……"

听到这儿，潘汉文"啊"地叫出声来，脸色顿时变得苍白，心在"扑通扑通"狂跳，紧握方向盘的手也不由得颤抖起来……

三年前的今天，是潘汉文心中最幽暗的角落，是他永远抹不去的阴影。

那时，他和妻子李希翎正在温泉旅馆度假。李希翎虽然长得漂亮，但嫉妒心极重，脾气古怪到了变态的地步。只要潘汉文和别的女人说话，她就歇斯底里地大吵大闹。不仅如此，她还挥金如土，再多的钱到了她的手里，都会流水似的没几天就花得精光。那时潘汉文的事业刚刚起步，常常被她弄得焦头烂额。可只要他稍稍说她一句，她便又哭又闹，寻死上吊。

结婚六年来，潘汉文一再容忍着，毕竟李希翎曾是他爱过的女人，可他的忍让却换来李希翎变本加厉的吵闹。后来潘汉文实在忍无可忍了，便在第七年提出离婚。

正如潘汉文所料，李希翎坚决不答应签字，她说要活一起活，要死一起死，要离婚，休想！潘汉文知道这个女人一向偏激，真不知道哪一天她野蛮起来会不会杀了自己。

潘汉文这么想，倒不是杞人忧天。就在潘汉文提出离婚两天后的那个晚上，李希翎替他冲了一杯咖啡，潘汉文喝了一口，不但其苦无比，还有一股说不出的怪味道，便吐了出来。一旁观看的李希翎冷冷地说："大概是咖啡变质了吧？"

可这咖啡是潘汉文一个星期前刚买的，保质期有12个月呢，怎么可能变质呢？他猛地想到李希翎以前是医院的药剂师，莫非她放了什么东西在里面？哎呀呀！难道她要毒死我，用这种方式让我慢性自杀？潘汉文想着想着，额上竟冒出了冷汗。

与其被她害死，还不如先下手为强。于是，潘汉文开始精心策划一个阴谋。他告诉自己，他是迫不得已才这么做的，这只是一种"正当自卫"。

12月20日这天，正好是星期五，潘汉文热情地向妻子提议道："最近工作太累了，我们周末去温泉旅馆度假，放松放松吧。"李希翎没多想，愉快地答应了。

到达温泉旅馆后，当服务员来领他们去洗温泉时，潘汉文对李希翎说："希翎啊，我胃病又犯了，可能是旅途太劳累了，要不你先去，我吃完药马上就过来。"

李希翎疑惑地看看他，不声不响地拿着衣服一个人去了。

李希翎刚出房间，门还没关好，潘汉文就马上拿起电话，拨通号码，压低声音说道："喂，是丽丽吗？我是汉文啊！对，我已经到了。母老虎被我骗出去了，我们什么时候见面？好，今晚8点！我想个法子脱身。什么地点？后山？你是说那个有瀑布的地方？OK！我一定准时到达！宝贝儿，晚上见！"这一切都被走廊上的李希翎听得一清二楚。

潘汉文刚挂下电话不久，李希翎就脸色铁青地回来了，一进门就狠狠地把衣服一扔，开口骂道："都是你！非要来什么破温泉，人多得要死，脏得要命。我不去了!"潘汉文也不答话。

晚饭时,李希翎气呼呼的,几乎没吃啥东西。七点半左右,潘汉文一副若无其事的样子,说胃有点胀,要出去散散步。

如果是平时,李希翎肯定要追根究底,非要知道丈夫的行踪,可今晚却一反常态,她一句话也没问。

出了房间后,潘汉文小心翼翼地离开大厅,悄悄往后山走去。那里的地形,他早已在地图上做了详细的勘察。这是一个幽暗的、没有月亮的夜晚,潘汉文走后不出5分钟,李希翎也走出了旅馆,并很快消失在夜色中……

约莫过了20分钟,潘汉文爬上了山顶,他发现悬崖边的草丛中蹲着一个身影,果然不出所料,那正是李希翎!

"笨蛋!"潘汉文暗暗狞笑了一声,悄悄来到李希翎背后,猛地一推,把她推下了悬崖。李希翎连哼都没来得及哼一下,便死在了潘汉文精心编织的圈套里。

随后,潘汉文装成一副毫不知情的样子,悄悄溜回了旅馆。

第二天早上,李希翎的尸体被山下农民发现了,警方一时还无法断定是否有他杀的嫌疑,当然潘汉文也被列为调查对象。由于旅馆服务员证实,李希翎的确是独自外出,这个证言自然就成为潘汉文摆脱嫌疑的最好理由。最终,李希翎被视为意外身亡。

z是何人

三年前的情景,不断地在潘汉文脑海中浮现,扰得他头都要爆炸了,于是他关掉收音机,把车子停靠在路边,点上一支烟,想使自己镇静下来。

他一边大口大口地抽烟,一边在思索着:这个 z 先生到底是什么人?他为什么寄点歌信到电台?

如果节目主持人所说的潘汉文果真是自己的话,那么 z 先生一定和三年前的事件有关!

扔掉烟蒂,潘汉文再度发动小车,继续向南江方向行驶,但内心的不安却有增无减。他心说:我一定得调查清楚!

可从哪儿着手调查呢?潘汉文突然想到那首名为《湘山之恋》的歌曲。他隐约记得《湘山之恋》好像是一部电影的主题歌,但他没看过这部影片,因此不明白这首歌的含义是什么。他觉得如果只是一首罗曼蒂克的情歌,那么就大可以放心了,因为那无疑是送给另一个同名同姓的人的。

潘汉文回到南江的公司,第一件事就是向公司的女职员询问《湘山之恋》这首歌。

有个平时喜欢看电影的女职员说:"我知道的,那是电影主题歌嘛!董事长也喜欢这首歌?"

潘汉文忙说:"哦不!我只是突然想到而已,这是哪一部电影的主题歌呀?"

"如果我没有记错的话,片名也叫《湘山之恋》……"

潘汉文走进自己的办公室,拿起报纸,在电影栏里仔细搜寻,终于得知这部片子目前正在深川电影院放映。于是潘汉文丢下报纸,立即驱车前往。

这是一家小型电影院,座位上还留有花生、瓜子的味道,潘汉文皱皱眉头,还是勉强坐了下来。

电影开场就是刚刚在车上听到的那首主题歌。潘汉文想:应该不会错了!他见故事开头是一场隆重的结婚仪式,不由松了口气,看来这真是一个罗曼蒂克的爱情故事。

但是随着电影情节的发展,潘汉文的脸色愈来愈难看,因为这根本不是什么爱情故事,而是说一个爱慕虚荣的妻子,逐渐受到丈夫的冷落,最终被丈夫逼入绝境……

在女主角被丈夫推落断崖的一刹那,潘汉文紧张得闭上了眼睛,他真不敢看,这居然同三年前那个不堪回首的情景如出一辙。

故事中的男主角以为一切都设计得天衣无缝,没料到远处有一个小女孩正拿着望远镜朝他那个方向观望,最后成为指证他罪行的目击者。

电影结束了,潘汉文脸色惨白地走出了电影院。

他终于得到了确认,"点歌时间"栏目所指的潘汉文正是他。而署名为z的人,一定知道三年前那件事。

那么,他为什么要点歌呢?也许正如同那部电影所描述的,自己自认为"坠崖事件"万无一失,可是没想到竟然有目击者,而这个目击者极有可能就是z先生。

潘汉文怀着忐忑不安的心情,勉强熬过了两天。到了第三天,他再也呆不住了,一早就驱车前往三山广播电台。

这家电台位于邻市,潘汉文到了那儿,对接待人员说,他想和"点歌时间"的主持人见见面。潘汉文在会客室里等了个把钟头后,一个三十来岁的高个男子走了进来。

那人自我介绍说:"我叫周显声,请问是您找我吗?"

潘汉文起身上前,礼貌地和他打了招呼,并称赞他的节目办得不错,然后说道:"我有一位朋友,点了首歌送我,可是只有简写的署名,我想知道他是谁。您能帮我查一查吗?"

周显声问："什么时候听到的？"

潘汉文说："三天前。"

"好，我替你查一下。"说着，周显声便走了出去，过了一会儿，他拿着一张明信片进来了。

"上面的确只署名z。"周显声说着，便将明信片递给潘汉文。

潘汉文见明信片上的邮戳盖的是"涉谷支局"，字是电脑打印出来的，署名z。此外，再也看不出什么名堂了。

于是，他只得失望地告辞走了。

一个星期后，潘汉文突然接到一个男人的电话："我是三山广播电台的周显声。今天我们整理点歌明信片时，发现又有一封为你点歌的信，署名还是z先生。如果你要这张明信片，可以到我这里来拿。"

潘汉文忙说："哦，谢谢，谢谢！"接着，他就约周显声在电台附近的一家咖啡馆见面。

周显声果然准时带着明信片来了。潘汉文见那上面的署名和指定歌曲都和上次一样，所不同的是，"这是要你想起三年前的今天"这句话改成了"这是要你想起三年前12月20日这天"。

潘汉文知道，对方显然是指三年前的那件事。他拿信的手不由得微微颤抖起来。

周显声见状说："我这个节目开设半年多来，像这样的事情还是头一次碰见呢！短短一个星期，连续来两封内容一样的信，也许是你三年前有过什么幸运的事发生，而z先生对你羡慕不已呢！"

潘汉文愣在那儿，没答腔。周显声问道："你怎么了？脸色好难看！"

潘汉文故作镇静地说："没，没什么。我的胃有点儿不舒服。"说罢，他将明信片还给周显声，然后跟跟跄跄地走出了咖啡馆。

勒索信件

过了三天,潘汉文收到一封信,没有寄信人的地址和姓名,上面只用红笔画了一颗破碎的心,旁边有个字母"z",邮戳盖的是"涉谷支局"。

潘汉文神情紧张地拆开信封,可信封里根本就没有信,只有两张名片大小的照片。一张是玉田温泉的照片,三年前他和妻子住过的那家旅馆也被拍在里面。另一张是悬崖的写真,也就是他把李希翎推下去的那个悬崖。

面对这两张照片,潘汉文仿佛看见李希翎就在身边,他吓得冷汗直冒。

等情绪平缓之后,他又仔细查看那个信封,希望能从中找到片言只语,因为哪怕能够发现带一些威胁的话语,也比现在根本猜不出对方的意图要好受些。可结果仍然一无所获。

自从上次听了"点歌时间"以来,潘汉文的日常生活被搅乱了。他甚至在与客户商谈业务、与下属谈工作时,都显得心神不宁。他在心里说:这样不行,得快点采取行动,否则我会被逼疯的。

正当他想采取行动时,又发现信箱里躺着那个陌生人的第二封来信。潘汉文小心翼翼地拆开信,只见信上写着:

三年前的12月20日晚上的事,想必你一定自认为天衣无缝吧?三年来你也一定活得很滋润吧?但只要我一报警,你的好日子也就到头了,毕竟你杀了人,而且还是你的妻子!但只要你每月把1万块钱打到商业银行"12375"郑大的账上,那么你就可以继续潇洒地活下去。记住,每月10号前!

同样署名z,同样有颗用红笔画的破碎的心。

潘汉文两眼直直地盯着"郑大"两个字,他知道那"郑"的英文缩写是"z"。每个月1万元对于潘汉文而言,算不上大问题。潘汉文原以为会被敲个一两百万,而"1万"反倒有点出乎意料。但他再仔细一想,觉得每个月敲1万元这种做法是相当高明厉害的,这等于在一刀一刀地割肉,一月,一年,十年……没有期限,没个到头的日子呀!

潘汉文本想置之不理,但又一想,万一对方确有充分的证据或的确亲眼看见谋杀现场,那么置之不理的后果将不堪设想。

潘汉文看看墙上的月历,距z所指定的10号,只剩6天时间了。

这6天来,潘汉文整日被这件事缠绕着,弄得神魂颠倒,寝食不安。

10日早上,潘汉文终于铁青着一张脸,拨通了他存款的那家银行的电话,让他们将他的存款拨1万元到商业银行涉谷分行郑大名下,账号是"12375"。

放下电话,潘汉文双眼紧闭,瘫倒在皮椅子上……

暗查郑大

这次交易以后,z那边再没有过进一步的要求了。对潘汉文来说,至少在下个月的10号以前,他是解放的。然而,潘汉文岂是任人宰割的角色?他无法忍受命运掌握在别人手中的屈辱,他不甘心就这样下去。他决定立刻展开调查:第一,查明z到底是什么人;第二,查明他是否是真正的目击者。

为此,潘汉文决定先去拜访一位私家侦探,同时自己也开始暗访。于是,他就使用假名,约见了一位资深的侦探,要他帮助调查一个叫"郑大"的男子。

同时，潘汉文觉得，既然 z 在勒索信中提到三年前 12 月 20 日那天他目击了自己的谋杀行为，那么三年前的那天，他应该也投宿在玉田温泉旅馆！如果这样的话，12 月 20 日的住宿名单上，可能会有"郑大"这个名字。这么一想，潘汉文决定再到温泉旅馆走一趟。

来到温泉旅馆，潘汉文有些担忧，三年了，不知像这种旅游地的小旅馆还会保留旅客住宿单吗？他装着来此度假，经过几次接触，就和年轻的旅馆老板打得火热。而这个小老板又是个喜欢吹嘘卖弄的主儿，在潘汉文的巧妙引诱下，他告诉潘汉文他原来是搞电脑的，所以他的旅馆早就"现代化"了，来这里登记的游客资料都输入了电脑，可以长久保存。

潘汉文心中大喜，但他没急于要看住宿单，他知道这种资料属于个人隐私，旅馆一般不会轻易泄露给外人的。怎么办呢？潘汉文眼珠一转，决定从这个小老板身上做文章。于是，他给小老板的宝贝女儿买衣服，买玩具，和小老板喝酒聊天，称兄道弟。当小老板知道潘汉文是个大公司的老板时，更是刻意巴结，亲热有加。

这天，两个人又在一间小包房里喝酒聊天，几杯酒下肚后，潘汉文突然放下酒杯，双手捧着脑袋，长吁短叹起来。小老板见状，忙问："大哥，啥事不开心呀？"

潘汉文又装腔作势地叹了一阵气，才说："唉，家门不幸呀，你嫂子她……唉，不说了，做哥的我实在羞于启齿呀。"

小老板心领神会，说道："大哥，是有人给你戴……妈的，吃了豹子胆了，竟敢在大哥头上动土。大哥，你说出他的狗名狗姓，兄弟我一定给你出这口鸟气，做了他也行。"

"不不不，咱可不敢做犯法的事，"潘汉文顿了顿说道，"有个叫郑大的家伙，背着我和你嫂子……三年前的 12 月 20 日，这家伙就住在你旅馆里，和你嫂子洗过温泉澡……我想查查这家伙的地址。"

"哈哈，查姓郑的地址，小事一桩。大哥你请稍等。"老板说罢，屁颠屁颠地走了。

看着小老板远去的身影，潘汉文嘴角露出了一丝不易察觉的笑。他甚至赞叹自己简直可以当个演员了。

过了约莫20分钟，小老板笑嘻嘻地推门进来，递给潘汉文一张纸条，潘汉文一看，上面写着："郑大，住在三江市涉谷区东山路163号。"潘汉文心花怒放，忙举杯向小老板道谢。

郑大真有其人，这对潘汉文而言，实在太意外了，他没想到勒索者竟敢用本名。他暗暗发狠：你敢用本名，我潘汉文也不是省油的灯！俗话说，量小非君子，无毒不丈夫。找到你，把你灭口，不就一切OK了吗？潘汉文脑子里飞快地盘算着一个周详的计划。

他翻开三江市地图，埋头寻找，结果真在涉谷区北侧找到了东山路163号。潘汉文立即开车前往三江，到了东山路，他把车子停下，戴上太阳镜，开始寻找郑大的住所。

这儿是城乡结合地带，马路窄小，街市破旧，住户房舍多为老式平房小院。见此情景，潘汉文心中掠过一丝疑惑：这个勒索者，怎么会住在"贫民窟"里？

他正想着，只听"吱呀"一声，院门打开了，走出一个三十来岁的女人，她背着一个娃娃，手里拿着一只菜篮，像是去菜市场买菜。

潘汉文心想：她大概就是郑大的妻子吧。那女人和潘汉文擦身而过，从她的衣着能看出，她的家境并不宽裕。然而潘汉文却在想：穷则思盗，那些偷、骗乃至抢劫杀人者不多是因为穷吗？看来郑大也是这号人，因为穷，他就来敲诈勒索，我千万不能心慈手软，如果不除掉他，自己就会毁灭在他手里。

等郑大的妻子走远后,潘汉文立即走近那个住宅。只见窄小的庭院内,像万国旗一样晾满了婴儿的尿布。他看了一下表,离下班还有一段时间,便到路边饭店草草吃了顿晚饭。

下午五点左右,潘汉文把车子停在一个可以监视郑大家的位置,准备在车内观察。这时,他见院子里的尿布已经收了起来,估计郑大女人已经买菜回家了。直到七点半钟,他才看到一个既矮又瘦的男人,嘴里含着香烟,步伐疲惫地径直走进这座小院。

难道他就是郑大?潘汉文有点不敢相信,这么个蔫头耷脑的人会向别人勒索?但他又觉得人不可貌相,也许他是一只藏而不露的狐狸,用他那不起眼的外表掩人耳目。

这时,天已全黑了,附近的住宅都被夜色笼罩着,显得模模糊糊的,路上几乎没了行人。潘汉文打开车门下车,蹑手蹑脚地靠近郑大家。房间里已亮起了灯,因为天热,门窗都敞开着。潘汉文弓起背,窥视着里面的一举一动。

郑大夫妻俩正面对面坐着吃晚饭,潘汉文可以很清楚地看到郑大的大半个侧面,只见他长脸,尖嘴,眉毛倒挂,面色黑黄。潘汉文暗说一句:这副面相,绝非好人!

第二天,潘汉文找到那个私家侦探,提出请他中止调查,并表示费用照付。侦探告诉他,经过调查,那个以郑大名义在商业银行开户头的人,不是男的,而是一个二十来岁、颇有几分姿色的女子。

女的?二十来岁?潘汉文皱起眉头,心想,这绝不是郑大的老婆。那会不会是郑大的情妇?也许郑大是为了这个情妇,才向他勒索的!

于是,他又问道:"关于这个女人,你有进一步的资料吗?"

侦探摇摇头说:"不知道她的真实姓名,也没有她的地址,但据银行职员说,这个女的可能是银行餐厅的服务员。"

潘汉文走出侦探家,接下来他便开始行动了。连续三天,潘汉文都在跟踪郑大,他想如果郑大有情妇,他们就会见面。然而出乎他的意料,三天来郑大只是往返于家和工厂之间,仍旧蔫头耷脑,一副被工作压得喘不过气来的样子。潘汉文心里说:这家伙真谨慎,绝不能被他这种表情所欺骗,一定得寻找机会干掉他!

到了第五天,机会终于来了。这天郑大加班,到深夜11点才下班。潘汉文早已踩过点,从工厂到郑大家,必须经过一条非常幽暗的小巷。他把车子停在一个隐蔽的地方等候郑大。

待郑大走到他附近时,他手拿一把铁锤,悄悄走到郑大的背后,猛地一锤,郑大连哼也没哼一声,便昏了过去。潘汉文立马把他拖到车边,塞进了后备箱中,然后开车沿着204国道,朝天岩山驶去。这次干得神不知鬼不觉,潘汉文确信绝对没有人看到这一幕。

抵达天岩山时,已经近凌晨1点了。此刻,月亮时隐时现,山风飕飕,迷雾蒙蒙,阴沉死寂。潘汉文打开后备箱,把郑大拖了出来。他知道单凭小铁锤敲一下,还不至于置对方于死地。在郑大断气之前,他还有话要问。

这时,郑大果然清醒过来,他发出痛苦的呻吟声,脸上充满了恐惧,颤抖着声音问:"你想干什么?"

潘汉文一脸阴森,紧握小铁锤,恶狠狠地低声说:"少啰唆,回答我的问题!那个女人是谁?"

"女人?"

"别装蒜了!你叫她到银行开户的那个女人。"

"我真不知道你在说什么。我只是一个穷工人,哪有钱存银行啊!你是什么人啊,为什么要害我?"

"你还装糊涂?"

郑大用哀怨的眼神看着潘汉文,惊恐凄然地说:"我真的什么都不知道啊!"

潘汉文咬牙切齿地问道:"你为什么不承认向我勒索的事?"

郑大哀求道:"勒索?我连你是谁都不知道,怎么勒索你?放我回去吧,我家里还有老婆孩子呢!我真的什么都不知道啊。"说着,他趁潘汉文思考问题的时候,突然拔脚,连跑带爬地转过身想逃跑。但是太迟了,潘汉文一把揪住他,顺手一铁锤敲在他的脑袋上,郑大哀号一声,栽倒在地,再也没有起来。

原来是他

潘汉文把郑大的尸体就地掩埋后,驱车回到南江家中,这时天已经快亮了。为了给自己压惊,他灌下了几杯威士忌,然后倒在床上,闭上双眼。

从第二天开始,他每天都要翻遍当天的报纸,看有没有刊登郑大的事。一连三天,没见到郑大的相关报道,他心想,大概郑大妻子做贼心虚,丈夫失踪了也不敢报警。

到了8月10日,这天该是潘汉文向郑大支付第二次1万元的日子。潘汉文想,勒索者既然已经死掉,他又何必遵守约定呢?

8月11日,太平无事,12日也没有动静。潘汉文心定了,这表示郑大的确确就是威胁者。他想:我终于解放了。

13日晚,他美美地睡了个好觉,一直到第二天上午10点多才醒来。

起床后，他踏着轻快的脚步，来到公司。他先摊开报纸，仍没有关于郑大的新闻，接着又扫了一眼桌上的那堆信件，除了一般公文外，还有纳税通知单、广告等。当他看到最下面一封信时，突然脸色大变。

那个z的署名和一颗破碎的红心又出现了！潘汉文只感到头晕目眩，好一阵子，才稍稍清醒点儿，只见信里写道：

很遗憾，你竟然打破了我们的约定，我限你立刻履行这个约定，否则后果自负。相信你是一个聪明的人。

潘汉文呆呆地凝视着那张信笺，他不敢，也不愿相信这是真的。然而这的确是真的，这说明，那家伙还活着！天哪！潘汉文感到自己被恐怖包围得透不过气来。他承认自己彻底失败了。郑大根本不是勒索之人，他什么都不知道，只是一个冤大头、替死鬼而已！

这个z先生真是技高一筹，看来他在着手算计自己时，早已想好了反击的手段。他预料自己会去玉田温泉，所以便利用旅客住宿登记名册上"郑大"的名字，作为勒索的假名。而自己却中了他的圈套，还把一个可怜的工人给杀了。

潘汉文明白这个z比自己想象的要厉害恐怖千百倍。他恨得吐血，但又不得不再次将1万元存入对方的账户。潘汉文感觉自己已被折腾得筋疲力尽，却还是对z的庐山真面目一无所知，这种失败感令他烦躁不安。看来这一辈子恐怕要毁在z的手中了！

第四天，潘汉文又收到了z的信：

1万元已经收到。不过我想你大概忘了付我超时利息了吧！你总共迟了四天，每天应付我5千元利息，以弥补我的损失，希望你不要低估了我。

看完信，潘汉文简直气疯了。他咬牙骂道："妈的，把我当成提款机了!"他强压住心头怒火,强迫自己冷静下来。经过反复思索,他决定先麻痹对方再作打算,于是立刻又把2万元存入了商业银行郑大的名下。

那天晚上,潘汉文很早就躺下了,他仔仔细细地把整个事件的经过梳理了一遍:最初是由于收听"点歌时间"节目,使他想起三年前那桩命案,接着来了三封勒索函以及玉田温泉的照片,在此期间,勒索者从来没有现过身,他巧妙地把自己玩于掌中,使自己不得不受他摆布。

潘汉文翻来覆去看那些信,但由于信是用电脑打印的,没有字迹可以辨认,因此单从对方的勒索信上,绝无可能探出他是何许人。他想来想去,还是没找到突破口。

忽然,潘汉文盯着信的两眼放射出一道光芒,他似乎从对方只寄勒索信这点嗅出了一点味道:勒索者为什么不用电话?这真是不可思议。如今社会上或电影里,总是利用电话进行敲诈勒索,因为这可以说是最方便、最经济又最安全的联络方式,可这个人却始终没有打过一个电话。

这到底为什么呢?潘汉文推断出两个可能的理由:一,对方是聋哑人,无法使用电话。二,这个署名为z的人怕被听出真实的声音,所以始终不敢打电话。

经过仔细推敲,第一种理由根本不能成立,因为聋哑人是不可能收听"点歌时间",并利用这个节目作为威胁手段的。那么就只剩下第二种可能了。潘汉文双手交叉在胸前,来回踱着步子,自言自语道:"看来我可能熟悉z的声音,他怕露出马脚,所以不敢打电话。"

接着,潘汉文又想到另一个问题。为什么z会想到利用"点歌时间"来威胁我呢?这家伙曾在信中说:"我知道你是凶手……"可是如果他真的知道的话,为什么不直接向我提出勒索条件,而是利用"点歌时间"

作为勒索手段，还玩了两次游戏，这不是很费时间吗？而且他也难以保证被敲诈人一定会听到他所点的歌曲呀。

分析到这儿，潘汉文想：z之所以如此旁敲侧击地兜圈子，只有一个理由，那就是z根本不是三年前凶案的目击者。也许他是看了报纸才知道的，因此当他想勒索时，不能确保我的反应，甚至我是否杀了李希翎，他也只是猜测而已。他之所以这么做，完全是一个试探性的圈套，没想到我居然被他套住了。

妈的，这个当可上大了！潘汉文越想越觉得自己的分析判断准确无误，顺理成章。

气恼了一阵后，潘汉文尽力让自己冷静下来，把思绪集中在他熟悉的z的声音上。他坐到沙发上，闭起双眼，痛苦搜索着大脑里的记忆：那家伙的声音是我熟悉的，那家伙——"啊，是他！"潘汉文猛地拍了拍大腿，直懊恼这么简单的来龙去脉，自己为什么没早想到呢？

潘汉文推断出来的"他"，其实在电台播出《湘山之恋》的主题曲时就已经出现了。"他"就是"点歌时间"的主持人周显声。其一，这个电台采取栏目负责制，也就是说，"点歌时间"是由周显声一个人负责的。听众寄给这个栏目的点歌明信片采用与否，权力完全掌握在周显声手里。当然，他也具备假借听众名义寄明信片的条件。其二，他知道潘汉文熟悉他的声音，这就是他不用电话敲诈而通过写信途径来达到目的的原因，而且周显声名字的缩写也是以"z"开头的。这么说来，当周显声发现自己上钩后，便进一步去玉田温泉区拍摄照片，并利用"郑大"的名字进行敲诈。所以周显声所寄的照片，不是三年前拍摄的，而是后来补拍的。

现在潘汉文已确认，周显声就是z——那个穷凶极恶、一门心思把他拉进陷阱、弄得他寝食不安的死敌！

恶有恶报

潘汉文经过一番周密思考，拟定了一个报仇计划。这天深夜，他怀揣一把登山刀，准备走访周显声的家。

周显声家住文苑小区，那儿全是一栋栋小型别墅，单家独户，环境幽静。这天夜晚，天出奇地黑，眼看就要下雨了。潘汉文觉得这正是个适合报仇的时机。四周相当寂静，潘汉文避开保安的视线，潜入小区，隐身在周家附近的树丛中，凝神观察周围的动静。当他确认无人时，才蹿到周家门前，一推门，门竟然是虚掩着的。他未及细想，迅速闪身进入楼下客厅，然后悄无声息地上了楼。

楼上也是黑洞洞的，潘汉文站着没动，他从怀中拿出刀握在手中，然后，慢慢地摸索着来到卧室。忽然，他闻到一股极浓的血腥味道。他警惕地打开手电筒，顿时惊得差点晕过去。

只见周显声四仰八叉躺在床上，他的身体下面还有一个女人，鲜血正从两个人的身上汩汩往外流着……

潘汉文正在发呆，突然背后传来一个女人的声音："不准动！"

潘汉文吃惊地转过头，只见一个黑衣女人正虎视眈眈地盯着自己。她看到潘汉文手中握着刀，便开口问道："你也是来杀周显声的吧？"

潘汉文见对方是个女的，恐惧感顿时减去了几分，他用低沉的声音问："他们是你杀的？"

女人说："是的。"

"为什么？"

"同你拿刀来是一样的原因！"

"你也被他勒索过？"

"是的。"女人说着,指了指桌上的两本存折,拿起一本说,"周显声开了个账户,让我每个月寄1万元给他。那本大概是你的吧!"

潘汉文说:"他也利用'点歌时间'勒索你?"

"是的,这个混蛋。"

"哦,那个女的是——"

女人低声说:"是他的女人,在银行上班,她帮周显声在银行开设假账户,是帮凶!他们威胁我,勒索我,逼得我走投无路。"

潘汉文再次把视线移到那两具死尸上,这时鲜血已停止流了。他们的尸体旁,放着一堆旧报纸。潘汉文心想:大概他们正在物色第三个牺牲者吧!

潘汉文觉得他和眼前的黑衣女人算得上是同病相怜的受害者了,因此,他对这个女人已戒备全无,还关心地问:"你现在打算怎么办?杀了两个人,你还逃得掉吗?"

"当然可以,"女人嘴角泛起一丝笑意,"本来我想只要干掉周显声,坐牢也无所谓,可现在……"

潘汉文打断了她的话,问道:"你这话什么意思?"

女人冷冷地说:"你不明白?"

潘汉文不由紧张起来,说:"不,你不可能这样做——"

女人冷笑道:"你怎么知道不可能?我想,当你看见我时,也有这种想法吧!"

潘汉文连连否认:"不,我没有……"他说着,只感觉一道彻骨的寒意穿透了他的脊背。

女人说:"如果你认为你只要把这本存折拿走就没事了,那就大错特错了。只要我把罪名推到你的身上,不就没我的事了吗?"

潘汉文气急败坏地说："不，那两人是你杀的，不是我！"

"谁知道？从现在开始，他们就是你杀的！"女人说这话时，脸上露出了变态的笑容，令人毛骨悚然。她不等潘汉文再开口，就咬牙切齿地接着说，"我就说你受到周显声的胁迫，一怒之下杀掉了他和他的女人，然后畏罪自杀。我只要把存折放在你的尸体旁，警察就不可能怀疑另有真凶了……"说着，她掏出了手枪。

"等等，"潘汉文叫道，"不杀我，你另有摆脱嫌疑的办法！"

"不可能。"

"怎么不可能？你可以把手枪放在他们其中一个人的身上，让警察以为是殉情自杀，然后我们拿着存折各自离开，不是两全其美吗？"潘汉文极力为自己寻找生路，他实在不甘心就此死去，所以又继续说，"我发誓，真的！今天的事，我绝不说出去。"

"不行！"

"为什么？"

"因为他们没有殉情的理由，警方一旦怀疑，就会去缉拿真凶。再说了，如果有一天你也要用钱时，你也可能变成一个勒索者。那时，我的安全又有谁能保证呢？"说完，她把一本存折放入自己的包里，接着便摆出射击的姿势。

潘汉文知道，即使说破嘴，这个女人也不会改变心意的，因为如果换成他，也会这么做的。他很后悔，自己为什么早不来晚不来，偏偏这个时候来。如果晚一天来，岂不万事大吉了？

"算了，我不和你争了！"潘汉文装出一副无可奈何的样子。其实，他正在用自己的眼睛，测量他和这个女人之间的距离。他想，把刀掷出去，即使杀不了她，也好趁她避让时逃跑，这样或许还能保住性命！

然而,那女人似乎已看穿了潘汉文的心思,她已做好了扣扳机的准备。就在潘汉文举刀的一瞬间,突然,"噗"的一声,无声手枪的枪口火光四射……

潘汉文觉得胸口一热,"当啷"一声,刀从手中滑落,血从胸口涌了出来,他的身体也随之倒了下去……

(盛 轲)

(题图:杨宏富)